TINTA BRANCA

Copyright © Editora Patuá, 2022.
Tinta branca © Alexandre Alliatti, 2022.

Editor
Eduardo Lacerda

Assistentes editoriais
Amanda Vital
Ricardo Escudeiro

Capa, projeto gráfico e diagramação
Alessandro Romio | Instagram: @romioland

Administrativo e comercial
Pricila Gunutzmann

Expedição
Sheila Gomes

Catalogação na publicação
Elaborada por Bibliotecária Janaina Ramos – CRB-8/9166

A436t   **Alliatti, Alexandre**

   Tinta branca / Alexandre Alliatti.
   – São Paulo: Patuá, 2022.
   192 p.; 14 X 21 cm

   ISBN 978-65-5864-323-4

   1. Romance. 2. Literatura brasileira.
   I. Alliatti, Alexandre. II. Título.

                                              CDD 869.93

Índice para catálogo sistemático
I. Romance : Literatura brasileira

Todos os direitos desta edição reservados à:

Editora Patuá – Livraria Patuscada
Rua Luís Murat, 40
Vila Madalena – São Paulo – SP
(11) 96548-0190
editorapatua@gmail.com
www.editorapatua.com.br

TINTA BRANCA

Alexandre Alliatti

Para Nerli, por me incentivar a ler;

Para Juliana, quem melhor me lê;

Para Anita, com quem pretendo ler tudo.

PARTE UM

1.

A cidade amarrou o haitiano ao poste em um domingo de festa. As pessoas estavam felizes, as famílias estavam unidas. O clima também ajudava a formar um sentimento de comunhão no povo de Nova Colombo: não havia vento, o azul no céu era homogêneo, e o sol amenizava o frio de agosto, que às vezes parecia nos rasgar a pele e atacar os ossos.

Cheguei à igreja perto do meio-dia. Olhei a escadaria e me senti intimidado – culpa da ressaca que enfraquecia as pernas e tonteava a cabeça. Eu havia aprendido a contar pulando aqueles 28 degraus, um por um, de mãos dadas com meus pais. Mas fazia muito tempo. À beira dos 30 anos, a impressão era de que a escada tinha aumentado.

Antes que eu tomasse coragem para subir, as pessoas começaram a sair da missa das onze. Algumas, atraídas pelo cheiro do galeto assado, foram direto para o salão anexo à igreja, onde seria servido o almoço; outras preferiram se esquentar sob o sol. Olhei para elas e tive a sensação de que todas poderiam formar a mesma família, uma família que seria a cidade inteira – e da qual eu também faria parte.

Desde criança, eu sabia que aqueles domingos eram especiais. Era o dia do galeto solidário, uma tradição de décadas, o evento que, sempre no inverno, convidava a população a se reunir e demonstrar toda sua generosidade com doações para a paróquia. Aprendi com meus pais que participar da festa não exigia apenas ir ao salão, comer pedaços generosos de carne e depositar dinheiro na caixinha que passava de mesa em mesa. Era preciso primeiro ir à missa, escolhendo um dos horários da manhã, e depois ficar alguns minutos conversando com vizinhos na saída da celebração. Como não cabiam todos os 30 mil habitantes no salão, as famílias ausentes davam um jeito de se envolver de casa: colocavam churrasqueiras no pátio, sob os parreirais, às vezes na calçada, e espichavam a comemoração cidade afora. Os mais empolgados estouravam fogos, faziam carreatas. Os mais pobres trabalhavam: ou cozinhavam, ou serviam, ou vendiam doces sob uma tenda montada junto à igreja.

Da base da escadaria, vi crianças cercando as barracas e sendo puxadas por adultos, porque antes era preciso almoçar. Esperei o movimento diminuir para vencer os degraus e entrar no salão. Enquanto analisava o ambiente, fui cumprimentado por pais de alunos, todos cordiais, alguns me chamando de professor, outros de Zago. Percebi que os convidados, espalhados por dezenas de mesas de madeira, mantinham seus casacos e tentavam se aquecer com copos de vinho. Fazia mais frio dentro do que fora. Ao fundo, uns dois metros distante do palco onde seriam gritados os números da rifa e depois uma banda se apresentaria, reconheci a mesa reservada à escola. Era maior do que as demais, consequência da boa relação entre a diretora e o padre. Notei que cinco professoras já estavam sentadas. A Ana era uma delas.

No começo da madrugada anterior, eu havia mandado mensagens sugerindo que nos encontrássemos, eu poderia passar lá, chegaria em poucos minutos, não ficaria muito. Mas a Ana disse que já estava deitada, pronta para dormir. Ela aproveitou para exigir que eu fosse à festa. Nem precisava. Embora a escola não obrigasse os professores a irem à missa, sabíamos que pelo menos ao almoço era necessário comparecer. De qualquer forma, o evento não parecia um problema para os meus colegas. Muitos eram ex-alunos da escola. Aquela era uma boa oportunidade de lembrar a beleza de suas histórias: as crianças nascidas em Nova Colombo passando adiante seu conhecimento para novas crianças nascidas em Novo Colombo.

Mas não era o caso da Ana. Ela havia chegado três anos antes, chamada às pressas depois de o professor de biologia sofrer um AVC. Vinha de Caxias do Sul, onde tinha acabado de se formar. Na cidade nova, jamais pareceu muito interessada em criar intimidade com os demais professores, e por isso não estranhei ao vê-la em uma das pontas da mesa, mexendo no celular, alheia às conversas ao redor. Cumprimentei as colegas e me sentei na frente dela.

Eu ainda me acomodava no banco de madeira, comprido e sem encosto, típico da colônia, quando ela disse baixinho, entre os dentes:

– Se tu não viesse, eu juro que te matava.

O rosto da Ana trocava de cor. Ia do vermelho para o azul, do verde para o amarelo, como se eu manipulasse folhas de papel celofane diante dela – os cabelos ruivos, os olhos verdes, o nariz mais enfeitado por sardas do que as maçãs do rosto. Olhei para trás. Um homem, em cima do palco, apertava botões e testava variações de luzes em pequenos refletores.

– Tu já me mata – falei, e ela, rindo, virou os olhos para cima até eles ficarem quase totalmente brancos.

A Ana sugeriu que dividíssemos uma jarra de vinho. Apesar da ressaca, aceitei sem titubear, esperançoso de que fosse o atalho para uma tarde juntos. Mas ela logo ficou mais séria e perguntou:

– Tu não falou com ele, né?

Balancei a cabeça para os lados. A Ana desviou o olhar para a mesa e em seguida me olhou de novo. Ela andava preocupada com o Benjamin, um haitiano de 18 anos que havia chegado à região meses antes, como parte de um programa para refugiados, junto com outros jovens que se espalharam por municípios vizinhos.

– Não consegui – falei. – Ele não me atendeu.

Um garçom depositou na mesa travessas com salada de radicci e de maionese. Aproveitei para pedir o vinho. A Ana, com a ponta de uma faca, começou a fazer desenhos imaginários em cima da toalha de plástico, quadriculada em vermelho e branco. De todos os professores, era ela quem mais se relacionava com o Benjamin. Eles costumavam conversar na saída da escola e por vezes faziam juntos parte do trajeto para casa no começo da noite. Ciente do interesse da Ana, achei por bem me aproximar também – além do mais, para mim, um professor de História em Nova Colombo, não deixava de ser curioso ver um imigrante haitiano, um século e meio depois, renovando a trajetória de meus ancestrais italianos e indo parar na região em busca de alguma espécie de recomeço.

O problema é que não víamos o Benjamin desde a segunda-feira anterior. Naquele dia, depois das aulas da tarde, quatro alunos da sexta série haviam abandonado as mochilas em um banco da praça e ido jogar futebol no gramado ao lado, a poucos metros de onde o Benjamin estendia uma toalha com bonés, tênis, camisetas, capinhas para celulares, inspirado no que faziam outros haitianos em cidades maiores da região. Os meninos jogaram até perto do anoitecer. E foi aí que um deles percebeu que sua mochila estava aberta. De dentro, havia sumido um celular que ele gostava de exibir na escola – e que eu imaginava valer mais do que o meu salário. Horas depois, começaram a se espalhar, por grupos de WhatsApp e postagens no Facebook, rumores de que o Benjamin era o responsável pelo furto. No dia seguinte, ele já não apareceu nem na praça, nem na cooperativa onde trabalhava pela manhã, fatiando e embalando peças de queijo que depois seriam enviadas para mercados locais.

O sumiço do celular virou o principal assunto da cidade. E imaginei que também fosse debatido no salão. Observei as pessoas e concluí que estavam todas conversando sobre o Benjamin – que o estavam condenando. Voltei a olhar para a Ana. Ela aproximou o rosto de mim, como se fosse me beijar, e contou que tinha conseguido falar com o Benjamin. Perguntei como ele estava. Ela respondeu que ele parecia bem, mas tinha decidido deixar a cidade. Estava de volta ao alojamento dos haitianos em Caxias.

– Ele jura que não foi ele – disse. – Falou que não mora mais aqui, que só vai voltar pra pegar as roupas.

– E tu acredita?

– No quê? Que não foi ele?

– Sim.

– Claro que acredito.

Nossa conversa foi interrompida pela chegada da professora de matemática e da vice-diretora. Elas se sentaram ao nosso lado. Imaginei que comentariam o episódio. Mas elas, assim como os professores que apareceram pouco depois, não falaram nada – por consideração à Ana, presumi. A mesa logo ficou cheia. As pessoas se alegraram ao ver os garçons distribuindo travessas com sopa de capeletti. Pedaços de galeto e de polenta começaram a circular sobre bandejas, e o burburinho das vozes ganhou a companhia do entrechoque de talheres com pratos.

A comida quente, o efeito do vinho e a lotação do salão aumentaram a temperatura e avermelharam o nariz da Ana. Ela ficou mais animada depois do almoço, quando os alunos passaram a deixar suas mesas (primeiro os do segundo grau, depois os mais novos) para cumprimentar os professores, em uma tentativa tímida de socialização fora dos muros da escola. A Ana e eu éramos os preferidos, isso me parecia claro, mas especialmente ela. Para mim, o sujeito que falava sobre guerras e heróis, que fazia os alunos conhecerem novos povos e novas terras, era quase obrigatório ter a aprovação. Com a Ana, era muito mais natural – gostavam dela mesmo que falasse sobre mitocôndrias.

Mais tarde, quando me certifiquei de que não havia mais cumprimentos a dar, que copinhos de café e pratinhos de sobremesa estavam esparramados na mesa, que os números da rifa estavam em vias de ser anunciados, concluí que estava liberado para ir embora. Incentivado pelo vinho, arrisquei um "vamos?" para a Ana, baixinho, e ela disse, mais baixo ainda:

– Vamos, tu pra tua casa e eu pra minha.

Conversei com ela mais um pouco, depois me despedi de todos com um aceno coletivo e parti. Sozinho, deixei o salão e vi uma cidade diferente. Nuvens haviam tapado o sol e acinzentado o dia. Na frente das casas, restavam as estruturas de churrasqueiras improvisadas com tijolos, recheadas de pedaços apagados de carvão. Da calçada, ouvia-se o barulho de louças sendo lavadas. Pensei que se eu entrasse nas casas, encontraria cenas dos meus domingos de infância, antes de meus pais morrerem, de meus avós também morrerem, de meus tios e primos irem morar em Porto

Alegre: a televisão ligada na sala, as crianças vendo algum filme dublado, os homens dormindo à espera do futebol, as mulheres na cozinha, uma lavando, outra secando, outra guardando, o cachorro entretido com um osso de costela.

Como era um domingo diferente, muitos homens resolveram alongar a festa. Um grupo parecia ter fechado o Bar do Gringo. Eles transformaram várias mesas em uma só e gritavam de uma ponta a outra, gargalhando, se xingando, fazendo o barulho contornar garrafões de vinho e garrafas de Velho Barreiro. Em uma rápida olhada, reconheci o Nico, que cortava o meu cabelo desde criança, o Maneta, caixa da agropecuária no centro, e o velho Domênico, que tinha pintado metade das casas em Nova Colombo. Também vi o Neno, um bêbado que carregava certa fama pelos tempos em que era jornalista – notoriedade que ainda lhe rendia um emprego no jornal da cidade, a Gazeta da Serra, embora não escrevesse uma linha havia anos.

Pouco adiante, no Bar do Ferrugem, a bagunça estava concentrada na mesa de sinuca e em um carro que, com o porta-malas aberto, tocava música sertaneja. Ali estavam os moradores que se consideravam a nata da cidade. Identifiquei o Gentile, dono da loja de móveis, e o Santino, que trabalhava na prefeitura. Perto deles, reconheci o vereador Rossi. Ele tomava cerveja no frio. A imagem do copo, cheio até a borda, me embrulhou o estômago. Eu havia bebido muito além do que devia na noite anterior. O vinho no almoço não tinha sido boa ideia.

Em casa, tomei uma Coca e deitei na cama para descansar por alguns minutos. Acordei horas depois, com o coração acelerado, me sentindo culpado, mas sem saber do quê. Abri a janela e vi que era quase noite. Experimentei uma irritação profunda, uma raiva de tudo que me envolvia – da sensação de sujeira nos dentes que eu não tinha escovado, das cobertas que haviam se desajeitado e faziam metade do meu corpo sentir frio, das crianças que soltavam gritinhos enquanto corriam na frente de casa. Não fosse a urgência para ir ao banheiro, talvez eu ficasse na cama até a manhã seguinte.

Na volta, parei na cozinha, aquecida pelo resto de calor que saía do fogão, onde resistiam as brasas da lenha que eu tinha colocado mais cedo. Puxei uma cadeira e fiquei olhando o quadro, pregado à parede, com uma foto dos meus pais no dia em que se casaram. Eu me achava cada dia mais parecido com aquela versão do meu pai, na época com 30 anos: o cabelo loiro e ralo; as sobrancelhas que quase se apagavam, de tão claras; o nariz arredondado na ponta; a barba disforme, com buracos embaixo do queixo; o pescoço que se avermelhava e formava pequenos sulcos que lembravam uma pata de galinha. Em domingos como aquele, de festa pelas ruas, era impossível não lembrar dele. Ele adorava a cidade. Os amigos brincavam, o chamavam de prefeito, de tanto que se envolvia com a comunidade. Ele organizou uma associação de empresários locais, formou um grupo para restauração da praça central, virou amigo do padre, foi um dos maiores incentivadores do galeto solidário. Dizia que a cidade tinha potencial turístico, que se o povo se organizasse, ela poderia virar um pedaço da Itália no Brasil, paulistas e cariocas e mineiros viajando para comer nas cantinas, visitar os parreirais, experimentar o vinho feito no porão das casas, ver o nonno pisando uva com os calcanhares e a nonna preparando a cuca, a chimia, o grostoli. Lembro da mãe rindo dele. "Não tem nem hotel aqui", dizia. "Vão dormir tudo contigo, por acaso?"

Estiquei o braço e peguei o celular em cima da mesa para ver se havia alguma mensagem da Ana. Não havia. Abandonei o telefone, fui para a sala e liguei a tevê, mesmo sabendo que a programação era particularmente ruim aos domingos. Comecei a zapear sem destino, pulando de pregações religiosas a programas de auditório, de leilões bovinos a debates sobre futebol, de desenhos animados a entrevistas com celebridades que eu desconhecia. Uns dez minutos depois, deixei a tevê ligada em um canal aleatório e fui preparar um café.

Fiz o suficiente para quatro xícaras, conformado com a certeza de que demoraria a dormir. Enchi a primeira e voltei à sala. A tevê passava um programa sobre animais. Peguei o controle remoto para trocar de canal, mas mudei de ideia ao me surpreender com a imagem de pequenos bichos, de pelagem marrom, andando apressados até a beira de um precipício e pulando de lá – enquanto uma voz grossa e empostada, característica de documentários antigos, dizia que "é difícil para o homem entender a natureza dos animais, especialmente quando se trata da incrível história dos lêmingues suicidas".

A câmera se afastou, vieram os créditos, e o programa terminou. Ainda fiquei alguns segundos olhando para a tela até concluir que precisava contar aquilo ao Giovanni, com quem havia bebido até o começo da madrugada, primeiro no Bar do Ferrugem, depois no Bar do Gringo. Peguei o telefone e liguei para ele.

– Lêmingues se matam – disse assim que ele atendeu.
– Quê?
– Tu tava errado. Lêmingues se matam. Acabei de ver na tevê.

O Giovanni disse que não tinha ideia do que era um lêmingue. Expliquei o pouco que havia conseguido captar: que eles lembravam ratos, corriam em grupo, se atropelando, e se jogavam precipício abaixo. O vídeo tinha parecido um complemento de nossa conversa na noite anterior, quando o Giovanni falou sem parar sobre suicídio. Eu o conhecia pouco, fazia menos de um mês que ele estava na cidade, e fiquei surpreso por se mostrar tão entusiasmado com o assunto, embora me garantisse não ter vocação alguma para o ato. O que mais o empolgava parecia ser justamente a pulsão humana necessária para o suicídio: que animais não se matam porque lhes falta consciência, porque mesmo o gesto mais desesperado de um ser humano é antecedido pela racionalidade que bichos são incapazes de ter.

Aproveitamos o telefonema para conversar sobre a festa na cidade. O Giovanni perguntou como tinha sido e disse que cogitou passar na igreja, mas preferiu ficar em casa, se recuperando da ressaca com a qual também teve que lidar. Falei que ele não perdeu muita coisa. Ao nos despedirmos, ele avisou que iria pesquisar sobre os lêmingues. Desliguei o telefone e percebi que o café tinha esfriado. Fui à cozinha trocar por um mais quente. Novamente acomodado no sofá, voltei a zapear em vão pela tevê. Minutos depois, ouvi meu celular vibrar e fui ver se finalmente era a Ana. Desbloqueei a tela e já identifiquei uma troca intensa de mensagens em um grupo de WhatsApp, geralmente silencioso, que reunia os professores da escola. Alguém tinha encaminhado um vídeo. Abaixo dele, vinha uma sucessão de frases soltas, caóticas, que fui entendendo aos poucos, "Meu Deus!", "tem que prender todo mundo", "Ana, tu tá bem?", "kkk coitadinho do ladrão", "gente, é o haitiano". E a primeira coisa que pensei foi que mataram o Benjamin. Foi um pensamento automático, como se fosse uma obviedade, como se não houvesse nada mais lógico: mataram o Benjamin.

Cliquei no vídeo. Muito devagar, ele começou a carregar. Foram chegando novas mensagens, "tu não sabe se foi ele e mesmo se foi não justifica isso né", "Ana, responde, pf", "kkk ficou bonitinho vai", e o vídeo carregando, "Arnaldo, só tu tá rindo", "alguém sabe se ele tá bem?", "gente, dá pra ver a Ana no vídeo, alguém liga pra ela", "daqui a pouco o Zago vem chorar também kkkkk", e o vídeo demorando, e eu pensando que mataram o Benjamin.

Até que o vídeo carregou. Fiquei alguns segundos olhando para o celular, diante da imagem congelada, à espera de ser clicada, uma imagem borrada que em breve se tornaria nítida, bastaria eu apertar e saber de tudo. Lembrei do acidente dos meus pais seis anos antes, a rádio anunciando uma tragédia, uma mulher e um homem mortos, e a descrição do carro igualzinho ao deles, e a vizinha me chamando no portão, o celular tocando, um número desconhecido na tela. E eu deixando tocar – enquanto não atendesse, estaria tudo bem.

Tomei coragem e cliquei. O Benjamin já apareceu amarrado ao poste. Não precisei de mais do que cinco segundos para reconhecer a praça. A gravação, feita a uns três metros de distância, mostrava ora o Benjamin, ora as pessoas em volta. Nas primeiras imagens, ninguém se aproximava. Era só o Benjamin, amarrado ao poste com uma corda. Ele se debatia, tentava se soltar, gritava (não consegui entender o quê), chorava. De tempos em tempos, entre risadas, eu escutava xingamentos, "vadio", "ladrão" – e uma frase que imaginei ter sido para a Ana, "aquela lá tem cara de gostar de preto mesmo". Na gravação, apareciam outros homens filmando, talvez a maioria. Alguns aproximavam o celular até quase encostar no rosto do Benjamin. Não era difícil reconhecer pessoas que eu havia visto nos bares: o Gentile, o Santino. Elas não tinham problema em aparecer. Pelo contrário, olhavam para a câmera, se exibiam. O homem que gravava o vídeo virou o telefone na direção do próprio rosto, colocou a língua para fora e fez um sinal de afirmativo com a outra mão. Era o vereador Rossi. "Mas cadê essa porcaria?", alguém perguntou enquanto ele seguia com a língua de fora. "Tá vindo, tá vindo", outro respondeu. E aí calculei que tivessem ido buscar um relho. Que iriam chicotear o Benjamin.

De repente, todos vibraram, o que levou a câmera a fazer um movimento lateral para mostrar um homem carregando um balde. Ao fundo, foi possível ver a Ana. Um policial a segurava pelo braço; outro a cercava. "Deixa o guri fazer", alguém falou; outros homens gritaram em concordância. O vídeo então mostrou o menino do celular desaparecido. Ele mexia a cabeça para os lados, falava que não queria, enquanto um sujeito, que reconheci como seu pai, insistia, lhe oferecia o balde. A imagem tremeu, a câmera passou alguns segundos apontada para o chão. Ao voltar à posição normal, exibiu dois homens parando em frente ao Benjamin e erguendo o balde. Assim que vi a tinta, assim que assimilei a imagem da tinta branca, eu gritei, um grito de espanto, e as pessoas no vídeo gritaram também, mas comemorando, comemorando que a tinta atingia a cabeça do Benjamin, que passava pelos olhos depois de vencer a resistência dos cílios, que entrava pela boca, que pingava do queixo e lambuzava o blusão de lã, que escorria até atingir os tênis – iguais àqueles que, naquela mesma praça, ele tentava vender.

O vídeo durou mais uns dez segundos. Consegui escutar alguém dizer "solta ele, deu, deu", antes de a imagem parar, congelada em um ponto aleatório do chão. Pulei do sofá, calcei um par de tênis e corri para fora. Desci minha rua, dobrei na avenida e fui na direção da praça. Era difícil respirar. O frio entrava pelas narinas e me fazia lacrimejar. As luzes dos postes já estavam acesas, confirmando a chegada da noite. Havia pouca gente pela cidade, menos do que o normal. Na praça, não tinha ninguém. De longe, enxerguei latas de cerveja jogadas no gramado. Cheguei perto do poste e percebi que ele tinha manchas de tinta ainda fresca. O chão estava tomado de marcas brancas. Fiquei aliviado ao ver que não havia sinais de sangue.

A casa da Ana ficava a duas quadras da praça. Corri até lá. Notei que as luzes estavam todas apagadas, mas abri o portãozinho de ferro mesmo assim. Toquei a campainha; ninguém respondeu. Insisti até um rosto aparecer na janela vizinha e espiar o que acontecia. Ainda de frente para a porta, telefonei para a Ana. Ela não atendeu. Comecei então a escrever uma mensagem. E aí escutei o barulho de um carro estacionando.

Era a D20 vermelha, a caminhonete que os funcionários da cooperativa usavam. Vi a surpresa da Ana quando desceu pela porta do passageiro, se despedindo do motorista, e me reconheceu. Ela estava com a mesma roupa do almoço, porém com manchas de tinta que também se espalhavam pelos braços, pelas mãos, pelo rosto. Ao se aproximar de mim, me abraçou e começou a chorar. Ela chorava, chorava sem parar, chorava e dizia "ai, ai", como se alguém a beliscasse. Eu a beijei primeiro na testa, depois nos lábios. E perguntei se o Benjamin estava bem.

A Ana começou a contar. Falou que, depois do almoço, foi até a casa do Benjamin, onde ele tinha ido buscar as roupas que havia deixado na cidade, e que de lá resolveu acompanhá-lo até a rodoviária – mas que, no caminho, quase junto à praça, ele acabou cercado por três homens. Disse que eles o encurralaram contra o muro de uma casa e mandaram devolver o celular, que era só devolver e seria solto. O Benjamin respondeu que não tinha celular, que não sabia de celular nenhum. Os gritos chamaram a atenção, chegaram mais pessoas. Ela falou que tentava afastar os homens, tentava puxar o Benjamin, mas a situação só piorava, a agressividade crescia: a mala sendo revirada, os bolsos sendo revistados, e ele ficando mais acuado, mais assustado. Até que tentou correr, e aí foi perseguido e preso ao poste na praça. Ela então relatou o que estava no vídeo, o Benjamin amarrado, os homens filmando, os policiais que a impediam de interceder, o balde de tinta. A tinta branca.

Percebi que a Ana tremia enquanto me contava – mais de nervosa do que de frio, me pareceu. Falei para entrarmos. Fomos para a cozinha. Ela se encostou na pia, levou a mão direita à boca e começou a roer as unhas e arrancar as cutículas, dedo a dedo, enquanto olhava na direção da geladeira, como se de lá pudesse sair alguém. Temi que se machucasse. Perguntei o que tinha acontecido depois de jogarem a tinta no Benjamin.

– Foram embora – ela respondeu. – Viraram de costas e foram embora, dando risada. Aí fiquei lá com ele e liguei pro pessoal da cooperativa. Eles chegaram rápido, já tavam sabendo.

A Ana se afastou da pia e, sem me falar mais nada,

caminhou na direção do banheiro. Deixou a porta aberta. Escutei o barulho da água caindo – imaginei que limpasse o rosto, resquícios de tinta branca descendo pelo ralo. Na volta, parecia mais calma. Pegou um copo no armário, se serviu de água da torneira, tomou tudo em dois goles e olhou para mim.

– Obrigada por ter vindo – disse.

– Não precisa agradecer – respondi. – Eu fiquei preocupado contigo. Contigo e com o Benjamin.

Ela perguntou se eu queria água. Eu disse que sim. Enquanto a Ana me servia no mesmo copo em que havia bebido, decidi me aproximar e abraçá-la novamente. Empurrei o cabelo ruivo para trás da orelha (alguns fios ainda estavam grudados pela tinta), depois para trás da nuca e a beijei no pescoço. Ela colocou as duas mãos no meu peito e, de leve, me afastou.

– Porra, Zago – falou baixinho.

Pedi desculpas. A Ana disse que achava melhor eu ir embora, que só queria tomar um banho e tirar a sujeira do corpo. Não tive o que argumentar. Falei que conversaríamos melhor no dia seguinte, na escola, e saí pela porta, que eu mesmo abri. Peguei o rumo de casa. Percorri de volta as mesmas ruas quase vazias, a mesma praça deserta. A sensação era estranha: eu estava empapado de suor, mas tremia de frio – e isso me fazia andar rápido, quase correr, acompanhado pela fumaça que saía da minha boca e do meu nariz, contornava meu rosto e ia morrer atrás da minha cabeça. Quando cheguei em casa, sentei à mesa da cozinha. E pensei no Giovanni. Tirei o celular do bolso e voltei a telefonar para ele.

– Descobriu mais algum bicho suicida? – ele perguntou ao atender.

– Não. Antes fosse. Aconteceu um negócio. Achei que era bom tu saber.

2.

O Giovanni perguntou como estava o Benjamin, se eu conhecia os agressores, se eu achava que eles seriam punidos, se eu lembrava de algum episódio parecido na cidade. Ele comentou que a inspiração para o ataque certamente tinha saído do noticiário na tevê, onde haviam se tornado comuns os relatos de meninos amarrados em postes por suspeita de roubo. Por um instante, o raciocínio me incomodou – era como se ele nos diminuísse, como se nos considerasse incapazes de criar nossa própria violência. Conversamos por uns dez minutos. Quando nos despedimos, reforcei que se ele precisasse de ajuda, deveria me procurar. Ele disse que ficaria bem.

Eu tinha a impressão de ser a única pessoa em Nova Colombo a quem o Giovanni permitia alguma proximidade – ou talvez fosse o contrário, talvez eu fosse a única pessoa que buscasse algum contato com ele. Fazia cerca de duas semanas que ele estava na cidade. Eu havia acabado de sair da escola, terminadas as aulas da manhã, quando o vi pela primeira vez. Era o final de uma manhã gelada na primeira semana de agosto. O vento balançava as árvores e derrubava folhas no chão, ainda molhado pela geada da madrugada. Um grupo de alunos, cobertos por blusões, casacos, gorros, mantas e luvas, pulava em volta de um menino na praça. "Mês do cachorro louco, cachorro louco, cachorro louco", eles cantavam. O menino tinha olhos saltados, o nariz achatado e uma cara de desespero, como se estivesse se afogando o tempo todo – de fato, parecia um buldogue. Quando ele começou a chorar, decidi intervir. Caminhei na direção das crianças, e foi então que notei o Giovanni vindo no sentido contrário, uma mala em cada mão, um raro homem negro em uma cidade essencialmente branca.

Calculei que ele tivesse acabado de desembarcar na rodoviária depois de serpentear as estradas serra acima, provavelmente saído de Porto Alegre. Imaginei que houvesse descido do ônibus e observado os três velhos que estavam sempre lá, sentados em volta de uma mesa de plástico, tomando chimarrão em silêncio e olhando para o chão sujo de diesel com a expressão de quem calcula quantos conhecidos já morreram. Dei uma bronca nas crianças, pedi que deixassem o colega em paz e fui para casa. Era na mesma direção em que ia o Giovanni.

Não demorei a me aproximar. Observei que ele olhava curioso para as lojas que fechavam para o almoço, não importava o que vendessem: roupas, móveis, eletrônicos, materiais de construção. Ele virava o rosto na direção das pessoas que passavam, como se as convidasse a cumprimentá-lo. Reparei que diminuiu o passo para ver a placa que indicava o horário de funcionamento de um restaurante – diminuí também. Quando parou no principal cruzamento do centro, o do único semáforo da cidade, parei junto; quando voltou a caminhar, também voltei. Dobramos à direita, desviamos de uma criança carregando lenha em um carrinho de mão e logo chegamos à calçada de um prédio de três andares, onde uma mulher, que parecia esperar alguém, olhava na nossa direção. Consegui escutá-la.

– Tu é o Giovanni, é?

Passei por eles e segui adiante. Nos dias em que dava aula em dois turnos, eu tinha duas horas de intervalo no almoço. Costumava comer em casa e depois passar um tempo na padaria em frente à praça, tomando café e corrigindo trabalhos, preparando as aulas ou lendo. De lá, conseguia observar Nova Colombo, conseguia ver o movimento dos alunos a caminho da escola, a única particular da cidade, para onde iam os filhos de basicamente todas as famílias que tinham condições de pagar. Eu gostava de vê-los chegando, especialmente os menores. Eles carregavam mochilas desproporcionais, como se competissem para ver quem tinha a maior, e transformavam em tapas, socos, chutes, gritos e correria a energia que não cabia em seus corpos.

Mantive meu ritual naquele dia. Enquanto fazia o almoço, ouvi a rádio local, que também cumpria sua rotina do horário: listava mortes, convocava para velórios e sepultamentos e lembrava de missas de sétimo dia. Eu tinha algum prazer macabro em escutar – e sabia que boa parte da cidade fazia o mesmo. O locutor, em tom calmo, respeitoso, anunciava o nome do morto e em seguida chamava uma cantoria da Ave Maria, na qual achava razoável se intrometer com frases de respaldo – contribuições como "Cheia de graça, sim, meus amigos" ou "Bendita entre as mulheres e entre nós, homens, também".

Desliguei o rádio, almocei e fui à padaria. Peguei meu lugar habitual, uma das duas mesas junto à janela, e fiquei observando a praça. Três meninos, de uns dez anos cada, descascavam bergamotas sob o sol e faziam uma competição de cuspe a distância com os caroços. Mães levavam crianças pela mão, e na outra mão as crianças carregavam lancheiras estampadas com personagens de desenho animado. Faltando 15 minutos para começarem as aulas da tarde, vi o Giovanni entrando. Ele foi ao balcão, pediu um café e passou a analisar os doces. Pelo vidro, observou quindins, fatias de pudim, fatias de torta. Escolheu um quindim e se acomodou na única mesa livre junto à janela – a mesa ao meu lado.

De onde estava, o Giovanni também podia ver a praça, mas em um ângulo diferente do meu. Tomou o café em dois goles, mordeu o quindim e então fixou o olhar em algum movimento fora da padaria. Tive que espichar a cabeça para ver o Benjamin, sentado em um banco da praça, colocando no chão a toalha onde depois depositaria os produtos que vendia.

– Ele se chama Benjamin – eu disse. – Mas não é exatamente Benjamin que fala. É meio que Benjamã. É haitiano. Guri bom.

O Giovanni primeiro enrugou a testa, depois sorriu, como se a surpresa fosse uma reação mais automática. A atendente abriu a porta de um forno. De lá, saiu o cheiro de cuca. Parecia possível pegar o aroma com as mãos.

– Haitiano? Aqui? Caramba.

– Pois é.

– E tratam ele bem?

Lembrei da cena que tinha visto dias antes: um menino de uns oito anos perguntando para a mãe se o Benjamin era bonzinho, e ela dizendo que sim, muito bonzinho, que era preto, mas tinha a alma branca.

– Ah, até que tratam – respondi.

Ficamos em silêncio por alguns segundos, tempo suficiente para eu lembrar que precisava ir. Antes, me apresentei. Ele apertou minha mão e disse que se chamava Giovanni.

– Com n duplo e i no final, bem italiano – brincou.

Perguntei, já me levantando, o que ele fazia em Nova Colombo. Ele disse que estava realizando uma pesquisa, para a dissertação do mestrado, sobre a sobrevivência de dialetos em cidades de colonização europeia. Elogiei o tema, comentei que dava aula na escola que ele conseguia ver da janela e me coloquei à disposição para ajudá-lo na pesquisa.

– Obrigado – ele disse. – Tô me organizando ainda, mas acho que vou precisar.

– Tô sempre por aqui nesse horário. Só me procurar.

Paguei a conta no caixa, deixei a padaria, cruzei a rua e acenei de longe para o Benjamin, que me cumprimentou de volta. Imaginei que o Giovanni ainda o observasse de dentro da padaria. Decidi me aproximar.

– Benjamin, mon ami, ça va? – falei. Era uma das poucas frases que eu sabia em francês.

– Tudo bom.

O Benjamin vestia um conjunto de tactel cinza claro, a calça e o casaco do mesmo modelo, como um atleta chegando para uma competição. Era alto, talvez um metro e oitenta, e esguio, de pernas finas e compridas. Na cabeça, usava uma touca de vermelho vivo, que tapava os cabelos curtos, cortados à máquina quase rente à pele. Olhei para a toalha e vi que ele havia começado a organizar os produtos por tipo, lado a lado em uma linha perfeita, e também em uma distribuição vertical por cores, as mais claras embaixo, as mais escuras em cima. Parecia em busca do máximo possível de ordem.

– As pessoas têm comprado? – perguntei.

– Um pouco, não muito – ele respondeu.

Ficamos os dois quietos. Tinha sido assim nas outras duas ou três vezes em que havíamos ensaiado uma conversa. O Benjamin falava pouco – um misto de timidez e insegurança com a língua, me parecia. Mas mantinha sempre o olhar no interlocutor – a Ana havia dito que o mesmo acontecia com ela. Inclusive em momentos como aquele, de hiatos na conversa, de desconforto pela falta do que falar, ele seguia olhando, invencível. Mais uma vez, fui eu quem desviou os olhos, desta vez na direção da escola, para onde expliquei que era hora de ir, as aulas estavam por começar.

Ele me deu tchau, acenando com a mão direita como se eu estivesse distante, e voltou a lidar com a toalha no chão da praça onde, duas semanas depois, seria torturado, seria pintado de branco.

Guardei no bolso o celular pelo qual tinha conversado com o Giovanni, fui à cozinha e sintonizei a rádio da cidade para ver se encontrava alguma repercussão sobre o caso. Tudo que ela oferecia eram músicas românticas dos anos 70. Acessei o site da Gazeta da Serra. Também nada: a última matéria era da tarde de sábado, um texto anunciando a realização do galeto solidário. O jeito foi me atualizar pelo grupo dos professores no celular. Dois outros vídeos haviam sido enviados. Eles tinham ângulos diferentes, mostravam alguns rostos que o vídeo anterior ignorava. A Ana aparecia mais nitidamente em um deles, depois de derramarem a tinta, correndo na direção do Benjamin, abrindo espaço entre as pessoas, que pareciam ir embora.

Pensei em escrever para ela. Abri nossa conversa anterior e fiquei olhando para o celular, otimista de que aparecesse, ao lado da foto de perfil, uma mensagem avisando que ela estava digitando. Não aconteceu. Continuei buscando o telefone de tempos em tempos, até que por volta das dez da noite, quando as conversas no grupo já rareavam, a professora de educação artística escreveu que o Benjamin estava bem, sem machucados.

Imaginei que ela tivesse buscado a informação com a própria Ana, que havia se tornado, nos meses anteriores, uma espécie de defensora do Benjamin. Logo que ele começou a vender os produtos, lá por abril ou maio, um grupo de mães pediu ajuda à direção da escola para pressionar a prefeitura. Queriam proibir que ele trabalhasse na praça. Argumentaram que era um espaço de circulação das crianças, que elas não deveriam ficar expostas a um exemplo tão ruim, de um trabalho tão precário, e que, além do mais, ninguém poderia garantir que dali a pouco ele não venderia coisa muito pior do que produtos falsificados – afinal, quem o conhecia a fundo para colocar a mão no fogo? A Ana ficou furiosa. Reuniu-se com a diretora, exigiu que a escola não se envolvesse, me convocou a fazer o mesmo (pelo visto, ser professor de História me tornava um aliado automático da causa) e procurou o Benjamin para deixá-lo ciente do que acontecia.

A reação da Ana deu certo, a direção acabou não se envolvendo, e o Benjamin ficou na praça. Isso acabou aproximando os dois. Dias depois, a Ana levou à escola uma reportagem, de um jornal de Porto Alegre, sobre refugiados haitianos no Brasil. O Benjamin era um dos entrevistados. Ele aparecia sorrindo em uma foto tirada na cooperativa de queijos, com um avental branco sobre a roupa. Na entrevista, dizia que se considerava uma pessoa de sorte, porque tinha viajado de avião, com abrigo garantido, com emprego encaminhado, graças ao projeto social que o acolhera ainda em Porto Príncipe. A reportagem usava o caso do Benjamin para mostrar que a condição dos haitianos no Brasil havia melhorado em quase uma década. O texto fazia um histórico das primeiras levas de imigrantes, após o terremoto de 2010, e descrevia o que eles enfrentaram para chegar ao território brasileiro – citava policiais cobrando propina, coiotes prometendo atalhos na fronteira com o Acre e empresas brasileiras que mandavam representantes para recrutar os haitianos como mão de obra barata, desde que estivessem saudáveis, o que implicava em avaliações médicas que incluíam exames das genitálias.

Ao pensar na reportagem, ao lembrar da Ana orgulhosa exibindo o jornal na escola, foi que tive a ideia: no dia seguinte, minha aula seria diferente. Primeiro fui à estante e mexi nos meus livros, alguns abandonados desde a faculdade. Percebi que não encontraria muito material que me fosse útil. Era mais fácil apelar para a internet. Ataquei em três frentes: vídeos no YouTube, artigos esparsos encontrados no Google e um livro que comprei para leitura online – e do qual fui obrigado a ler trechos soltos, por falta de tempo. Anotei o que achei mais interessante, peguei um mapa que costumava usar quando dava aulas na praça e fui dormir. Eram cinco da manhã quando coloquei o despertador para tocar às sete. Deitei pensando que a Ana ficaria orgulhosa de mim.

Acordei com a sensação de que não tinha dormido. Puxei a corda e subi a persiana. Passei a mão no vidro para desembaçar. Chuviscava. Levantei, me arrumei, tomei café e fui para a rua. O frio dava agulhadas. O termômetro no relógio da praça marcava um grau. Era em dias como aquele que vivíamos a expectativa da neve. Meus pais tinham fotos lindas dos tempos de recém-casados, o Dodge verde coberto de branco, os dois rindo, só olhos, nariz e boca descobertos. Parecia que estavam na Europa. Eu já tive bem menos sorte. Nas poucas vezes em que vi neve, era mais um gelo esbranquiçado do que os flocos bonitos que a tevê mostrava. Nunca consegui fazer um boneco. E meus alunos jamais viram nevar, ao menos não em Nova Colombo. Pensei que devia ter alguma questão ambiental por trás daquilo, talvez o aquecimento global. Concluí que seria uma boa conversa para puxar com a Ana quando eu chegasse à escola. Ela certamente teria um comentário a fazer, os prejuízos à biodiversidade, impactos nas migrações de algum bicho acostumado a baixas temperaturas, algo a ver com biologia.

Mas a Ana não apareceu na escola. Quando cheguei, a diretora me contou que ela havia telefonado dizendo que iria se ausentar por pelo menos uma semana. Tinha decidido deixar a cidade.

– Essa história desse haitiano tá passando do limite – disse a diretora.

Eu não imaginava que a Ana pudesse fazer aquilo. E mal tive tempo de assimilar a informação, de calcular se a aula ainda valeria a pena. Peguei meu material e fui para a sala. Às oito em ponto, já estava diante de alunos de 11 anos que se dividiam em dois blocos: os que pareciam ainda não ter acordado e os que pareciam que nunca mais voltariam a dormir. Flagrei um deles arremessando um toco de giz no ventilador que, suspeitei, ele mesmo tinha ligado, apesar do frio. O toco bateu nas hélices e se dividiu em partes ainda menores, que voaram pela sala. Um dos pedaços caiu no cabelo de uma menina que dormia com a cabeça encostada no braço, esparramada pela mesa. O menino ficou me olhando, assustado, enquanto eu desligava o ventilador.

– Bom, pelo visto vocês não tão com frio, né? – eu disse. – E já que não tão com frio, vamos para a praça.

Minhas aulas em frente à estátua do Cristóvão Colombo eram famosas na escola, mas só aconteciam em dias bonitos. Bastava olhar pela janela para ver que não era o caso. O chuvisqueiro continuava, o frio também. Os alunos formavam um amontoado colorido de roupas pesadas, como se estivessem prestes a subir uma montanha congelada.

– O senhor tá falando sério, professor? – um menino perguntou.

– Sim. Vamos. Agora.

Fui à frente, parei no corredor e esperei que eles formassem duas filas, uma de meninos, outra de meninas. Seguimos adiante, em direção à saída. Quando passamos pela sala da direção, escutei a diretora me chamando, mas não respondi. O porteiro pareceu confuso quando nos viu. Pude senti-lo calculando o que fazer, dividido entre a convicção de que aquilo não era uma boa ideia e a lembrança de que não tinha poder para interceder. Atravessamos a rua, entramos na praça e paramos diante da estátua. Alguns alunos, mais rápidos, tomaram os dois bancos em frente à imagem. Os demais ficaram olhando para o gramado molhado, ponderando se poderiam sentar sobre ele. Alguns meninos sentaram, e as meninas ficaram todas de pé, dando pulinhos para espantar o frio. Com a manga do casaco, tirei a água acumulada na base da estátua e coloquei o mapa. Felizmente, não ventava. Uns cinquenta metros adiante, no outro extremo da praça, ficava o poste onde o Benjamin tinha sido amarrado.

Comecei a aula perguntando se eles lembravam quem era o homem na estátua.

– Siiiiiim – um coro respondeu.

– E quem é?

– Cristóvão Colombo! – uma aluna se apressou em dizer.

– E o que ele fez?

– Descobriu o Brasil! – um menino arriscou, e os outros riram.

O chuvisqueiro, de tão fino, mal nos tocava. As roupas mais umedeciam do que molhavam. As crianças tinham narizes e orelhas vermelhos. Elas tremiam de frio, eu também tremia, mas podia apostar que se divertiam. Havia nelas a excitação de fazer uma atividade inesperada, a sensação de aventura. Do portão da escola, a diretora nos olhava.

– Quase! – respondi. – Na verdade, ele descobriu a América. E o que eu quero mostrar pra vocês hoje é a história de um dos primeiros lugares que ele descobriu aqui na América.

Apontei para o mapa e contei da chegada de Colombo – a expedição espanhola, o primeiro contato com os índios, a dica de que bastava navegar um pouco mais para encontrar ouro em abundância. Expliquei a divisão da Ilha de Hispaniola entre República Dominicana e Haiti. Falei que os nativos logo foram escravizados e que um padre espanhol concluiu que era pecado tratar daquele jeito o povo originário da ilha. Mas também contei que o padre sabia bem: sem aquela força de trabalho, o lucro despencaria. E que então ele sugeriu: que tal buscar esses trabalhadores na África?

Falei para eles que o rei da Espanha gostou da ideia e mandou levar milhares de africanos para lá. E que assim se fortaleceu um fenômeno que também marcaria o Brasil – o comércio de escravos pelas águas do Atlântico. Expliquei que o transporte era feito em grandes embarcações chamadas de navios negreiros.

– Os escravos ficavam nos porões – falei. – Não tinha espaço pra eles sentarem ou deitarem direito. Eles ficavam tortos, uns se batendo nos outros, conforme o navio balançava. Eles viajavam presos. Os braços eram acorrentados nas pernas e em colunas de ferro. A pele ficava machucada, cheia de feridas, e o cheiro de sangue empestava tudo, porque mal tinha ar pra respirar. Eles comiam comida podre e ficavam doentes. Tinham diarreia, e lá não tinha banheiro. Vocês conseguem imaginar?

As crianças fizeram que sim. Estavam todas quietas – era raro. Eu sabia que era recomendada precaução em relatos mais violentos, mas já não me importava.

– Alguns tentavam se rebelar, mas como é que iam fugir? Tavam presos no porão de um navio, no meio do oceano. Muitos morriam. Muitos, muitos. Tem relatos de que os comandantes dos navios esquartejavam os corpos dos mortos e davam pros outros escravos comerem. Só pra meter medo. E aí, quando terminava a viagem, os escravos eram comprados pelos brancos e tinham que trabalhar até desmaiar. E eram chicoteados. E aí sabem o que faziam? Colocavam sal nas feridas. E colocavam pimenta. Chegavam a pegar a água em que os escravos ferviam a cana de açúcar e jogavam na cabeça deles. Eles morriam queimados. Alguns eram enterrados até o pescoço, só a cabeça pra fora. E sabem por quê? Pros brancos passarem açúcar nela. E sabem por que os brancos passavam açúcar? Pros bichos atacarem.

As pessoas que passavam pela praça nos olhavam. Algumas paravam, protegidas por guarda-chuvas, e ficavam viradas na nossa direção.

— O negócio tava dando tanto dinheiro que vários países começaram a disputar o território — continuei. — Espanha, França, Inglaterra. E cada vez mais escravos eram buscados. Pra vocês terem uma ideia, chegou um momento em que tinha dez negros para cada branco na ilha. E aí vocês podem adivinhar o que aconteceu, né?

Contei que os negros começaram a se organizar, que muitos escaparam para as montanhas e formaram grupos independentes, e que destes grupos surgiram líderes — um deles chamado Mackandal. Falei dos envenenamentos: de como Mackandal, profundo conhecedor de plantas, organizou uma rede de contatos nos escravos das famílias ricas e os orientou a envenenar seus patrões, todos eles, até que não restasse um branco. Mas também contei que o plano fracassou e Mackandal foi queimado vivo em uma fogueira.

Expliquei que a morte não abafou a revolta. Pelo contrário: que a violência explodiu de vez. Falei que quanto mais os negros se rebelavam, piores eram as punições aplicadas pelos brancos, e maior a raiva dos escravos. Falei que outro líder surgiu, um homem chamado Boukman, e que ele organizou um plano: primeiro um grupo colocaria fogo nas plantações, e então, quando os negros da cidade vissem a luz das chamas no céu, deveriam assassinar seus patrões. E que foi o que fizeram, mas não só com os homens. Também com mulheres, também com crianças. Contei de prisioneiros tendo as carnes arrancadas, sendo decapitados, sendo queimados em fogo brando, pouco a pouco, para prolongar o máximo possível a dor. Expus o tanto que podia de guerra, de dor, de raiva. E quando pensei que eles estavam prontos, contei o que li sobre a criança: a criança branca morta na ponta da lança; a criança branca carregada na ponta da lança pelos negros como símbolo de vingança.

A chuva aumentou. Começou a ventar. A água passou a cair em um leve movimento diagonal às minhas costas, acertando de frente o rosto dos alunos. Olhei para uma menina ruiva, de pernas magras feito as de um filhote de quero-quero, e não soube definir se era chuva ou choro o que ela tinha sobre o rosto. Eu precisava levá-los de volta para a sala de aula. Mas faltava o mais importante.

Corri com o resto da história. Mal falei de Toussaint

Louverture, de Dessalines, das negociações com a França. Falei, finalmente, da conquista da independência. E expliquei o que veio depois: tanta corrupção, tanta opressão, tanta tragédia. Até que cheguei a 2010, e quando mencionei o terremoto, pedi que todos me acompanhassem até outro ponto da praça.

Chegando lá, percebi que a chuva não tinha sido suficiente para apagar as manchas da tinta branca. Olhei para os alunos e tentei calcular quantos já saberiam o que havia acontecido com o Benjamin. Resolvi ser direto.

– Depois do terremoto de 2010, muitos haitianos foram embora do país. Eles procuraram um novo lugar pra morar, algum lugar com comida e trabalho. O Benjamin veio pra cá. Vocês todos conhecem o Benjamin, né? Só que ontem teve um problema. Ontem maltrataram o Benjamin. Amarraram ele aqui, ó, nesse poste. E humilharam ele. E foi por isso que eu quis dar essa aula pra vocês. Mas essa aula não acaba hoje. Eu quero que vocês façam um negócio. Prestem bem atenção, por favor.

As crianças pareciam ver um filme proibido para a idade delas. Elas me olhavam como se não me reconhecessem.

– Eu quero que vocês, em casa, conversem com os pais de vocês sobre o que aconteceu com o Benjamin. Se eles disserem que não sabem, vocês contam pra eles, combinado? Se eles souberem, peçam pra eles explicarem melhor. Falem com eles. E aí pensem no que a gente conversou aqui e escrevam, pra próxima aula, uma redação sobre isso. Do jeito que vocês quiserem. Do tamanho que quiserem. Eu só quero que vocês escrevam. Isso vai ser metade da nota do bimestre.

Assim que voltamos à escola e acomodei as crianças na sala de aula, a diretora me chamou. Ela perguntou se eu tinha enlouquecido. Argumentei que mal estava chovendo, mas as gotas acumuladas em meus óculos depunham contra mim. Fui comunicado de que estava proibido de dar novas aulas na praça sem autorização prévia. Resignei-me, no resto da manhã, a falar sobre invasões holandesas para os alunos mais velhos.

Depois do último período, fui à sala dos professores. Três colegas pararam de falar quando entrei. Imaginei que a notícia da aula na praça já estivesse se espalhando. Peguei minhas coisas, me despedi e fui embora, aliviado por não ter aula à tarde – eu estava exausto. No caminho para casa, olhei em volta, procurei grupos conversando, algum sinal de revolta, algum movimento excepcional. Mas não havia nada. A cidade era a mesma de sempre.

3.

Meu corpo compensou à tarde o sono confiscado da noite anterior. Dormi pesado. Quando acordei, tive que sair às pressas para pegar aberto o minimercado onde costumava fazer compras, no começo da rua. Eu gostava de ir lá por causa da proprietária, a dona Rita, amiga de infância da minha mãe. Ela parecia ter passado a vida no caixa, anotando números em um caderninho e fazendo contas em uma calculadora de botões apagados.

Naquela noite, depois de conferir o valor do último item, antes de me dizer quanto eu deveria pagar, ela olhou em volta, se certificou de que não havia ninguém por perto e me falou, sussurrando como se um recém-nascido dormisse ao lado:

– Sabe a Maria? A do Ferretti? Tava aqui hoje falando mal de ti com a Sandra, a do Alberto, lá do gás. Tá louco, tem que ver como a Sandra tá gorda.

A Rita disse que escutou as duas reclamando que eu andava falando de política com as crianças. A Maria era mãe de um menino de cabelo preto e encaracolado, assustado de tão tímido. A Sandra era mãe de um dos alunos que o perseguiam, um loiro com o rosto tomado de espinhas – que as crianças da escola chamavam de Are, diminutivo de Areia, redução de Areia Mijada. Os dois estavam em minha aula na praça. Agradeci à Rita pelo aviso e voltei para casa.

Quando cheguei à escola no dia seguinte, notei que os pais de um aluno já esperavam a chegada da diretora. Eles não seriam os únicos ao longo da manhã. Vi duas mães conversando quando troquei de turma depois dos dois primeiros períodos de aula – elas me encararam como se eu tivesse batido em seus filhos. No horário do recreio, passei por um casal e observei que a mulher carregava na mão uma folha de caderno, que imaginei ser a redação da filha. Fui à sala dos professores. Meus colegas me olharam quando entrei. Houve alguns segundos de silêncio, quebrado pelo professor de educação física.

– Tu foi muito cuiudo – ele disse, mexendo com uma pazinha no café que ia até a borda de um copo de plástico. – Tá fodido, mas foi muito cuiudo.

Pouco depois, a porta da sala foi aberta. A diretora colocou a cabeça para dentro, me viu e voltou a fechar. Não entrou. A professora de português comentou com o professor de matemática que uma aluna havia faltado à aula porque tinha acordado doente.

– Cobra desse aí – ele disse, apontando com a cabeça para mim.

– Vai-te à merda, Arnaldo – respondi.

Deixei a sala dos professores e fiquei no pátio, cercado pelas crianças correndo, até escutar o sinal para o retorno às aulas. Dei os dois últimos períodos, passei mais uma vez pela sala dos professores e já estava no corredor de saída quando fui chamado pela diretora. Ela fechou a porta atrás de mim, me ofereceu a cadeira em frente à mesa e foi sentar do outro lado. Tínhamos boa relação. Em uma festa de fim de ano, animada pelo vinho, ela havia dito que me considerava o melhor professor da escola. Tinha 50 e poucos anos, cabelos loiros e lisos até a altura do ombro, e se chamava Tânia. Carregava no rosto, ao mesmo tempo, um ar de seriedade e um meio-sorriso permanente.

– Ontem, Zago, a professora Bruna me procurou no final da manhã – a diretora disse enquanto eu ainda me acomodava na cadeira. – E comentou que tinha acabado de reunir a turma da quinta série e feito o que costuma fazer todos os anos nessa época. Formou uns quatro ou cinco grupos e pediu pra debaterem as apresentações de fim de ano. É aquilo que tu tá cansado de saber. Uns cantam, uns dançam, uns declamam alguma coisa, os pais se emocionam e todo mundo leva nota máxima, porque não é educação artística que vai fazer eles rodarem, né?

– Certo – respondi, curioso de saber aonde ela queria chegar.

– Mas esse ano teve um negócio diferente, e a Bruna ficou preocupada, daí veio falar comigo. Esse ano, Zago, um grupinho propôs uma apresentação de teatro. Querem fazer uma peça, mesmo com tão pouco tempo. Querem escrever, ensaiar, escolher roupa, escolher cenário e apresentar pros pais. Não é interessante?

Concordei. A diretora fez uma pausa dramática e tamborilou os dedos na mesa. Pareceu que ela própria tinha ensaiado para uma apresentação.

– A peça é sobre o Benjamin. Querem contar a história do Benjamin. Imagino que tu já tenha entendido que é a turma que tu levou pra praça, né?

Respondi que sim, mas não consegui manter os olhos na diretora. Eu não sabia se deveria demonstrar que tinha gostado da notícia – não sabia se ela própria tinha gostado. Pela janela da sala, vi os alunos mais velhos, em um grupo grande, saindo juntos, sem pressa de ir para casa. Pareciam todos muito amigos. Era inevitável que em pouco tempo alguns deixassem Nova Colombo para fazer faculdade, conhecessem outras pessoas (talvez também saídas de cidades pequenas), formassem novos laços, casassem, e aí voltassem apenas no fim de semana, enquanto os pais estivessem vivos, para visitar a família e ocasionalmente encontrar pelas ruas os amigos que ficaram, os amigos dos tempos de escola.

– E eles vão poder fazer a peça? – perguntei.

– Claro que vão, Zago. Tu acha o quê? Que eu vou proibir? Tu pode não acreditar, mas tô orgulhosa do que tu fez. De verdade.

Sorri para ela. Experimentei dois ou três segundos de alívio.

– Mas eu tô mais irritada do que orgulhosa – a diretora

continuou. – A verdade é que eu tô puta, Zago. Muito puta.

Desfiz o sorriso. Ela ficou em silêncio. Parecia esperar que eu perguntasse por que estava irritada, como de fato fiz.

– Porque tu foi incapaz de entender que as coisas mudam – ela respondeu. – Porque essas crianças não vão ser iguais a ti e a mim, e a gente não é igual aos nossos pais. O que aconteceu com o Benjamin foi terrível, terrível. Meu Deus do céu, minha vontade foi desaparecer. Te juro, desaparecer. Mas a gente cresceu nessa cidade. Quando a gente era criança, tinha algum haitiano aqui? Não tinha na minha época, e eu sei que também não tinha na tua. Um imigrante haitiano. Um refugiado. Era impensável, Zago. Só que as coisas mudam.

Metade da parede atrás da diretora era ocupada por um mapa. Nova Colombo estava destacada em azul, e em volta dela aparecia, pintado de cinza, o resto da região.

– Não é justamente pra isso que a gente serve? – perguntei. – Pra garantir que as coisas mudem? Pra fazer essas crianças serem melhores do que nós?

– E elas vão ser. Mas tu acha que vai ser por tua causa? Não é tu que muda elas, Zago. É o mundo que vai mudando. Quando tu era adolescente, tu faria uma peça pra defender um menino negro?

– Talvez fizesse.

– Ou talvez não fizesse, né? E não é culpa tua. Teus pais gostavam de preto? Te garanto que os meus não gostavam. Eu cheguei a pensar no que o meu pai faria se isso tudo tivesse acontecido, sei lá, 20 anos atrás, 30 anos atrás.

Sabe o que eu acho que ele faria? Ele iria pra praça. Ele ajudaria a jogar tinta no Benjamin. E, com todo respeito, ele encontraria teu pai lá.

Senti o rosto esquentar. Em um reflexo, peguei impulso para responder, mas não consegui articular frase alguma.

– O que tu fez foi declarar guerra – ela prosseguiu. – Com essa história da redação, tu invadiu a casa dessas pessoas. Tu foi parar na mesa de jantar delas.

– Bom, talvez alguém precisasse fazer isso.

– Pode ser. Mas tu? Por que tu? Porque tu tem a incrível grandiosidade de falar com o Benjamin de vez em quando? Porque estudou História e aí entende tudo? Tu parou pra pensar se o Benjamin te quer como defensor? Será que o Benjamin olha pra ti e pensa "pronto, tá aí o sujeito que vai me representar. Meu país quase acabou num terremoto, eu tô vendendo produtos falsificados numa cidadezinha no quinto dos infernos, mas tá aí o grande herói que vai me defender"? Será, Zago? Será que ele olha pra ti, ou pra Ana, ou pra alguém aqui e se enxerga nessas pessoas? Desculpa, Zago, mas tu não é tão importante assim.

O relógio na parede marcava 12h15. O tique-taque parecia alongar o meu silêncio depois de cada frase da diretora.

– Não. Claro que não. Mas custa alguém defender ele? E ninguém sabe se ele roubou mesmo o celular. E mesmo que tenha roubado, dane-se. Aliás, o que a escola fez? Não fez nada.

– E ia fazer o quê? O que tu faria no meu lugar? Se

dez dessas famílias tiram os filhos daqui, acaba a escola. Eles mandam, Zago. É uma merda, mas eles mandam. Tu viu que eles vieram aqui, né? O que tu queria que eu fizesse? Mandasse eles embora? Dissesse que eles tavam sendo preconceituosos? Não é assim que funciona. Tu não devia ter entrado nessa briga, Zago. Não devia. Eu gosto de ti, tu sabe. Mas puta merda, Zago. Puta merda.

O discurso da diretora me fez ter certeza do que aconteceria. Era um risco que eu havia calculado. E minha primeira sensação não foi de raiva ou decepção ou arrependimento. O pensamento mais instantâneo foi a vontade de contar logo para a Ana.

– O que os pais falaram? – perguntei.

– Que era um absurdo tu levar as crianças pra praça no frio. Balela, né? Não é essa a questão. Mas também teve quem falou claramente que o problema foi o Benjamin. Uma mãe disse que se sentiu constrangida quando o filho perguntou o que ela achava de terem amarrado o Benjamin. Um pai falou que não pagava mensalidade para ver professor defender ladrão.

– Mas que filho da puta.

– Eu tentei argumentar, te juro, mas não tinha muito o que fazer.

– E o que eles queriam? Que eu fosse demitido, né?

– Sim. Em geral, sim.

– E aí?

A diretora suspirou, apoiou os cotovelos na mesa e esfregou os olhos com as mãos, feito uma criança com sono.

Ela parecia exausta.

– Desculpa, Zago. Eu juro que não queria.

Acomodei o corpo na cadeira. Daquela vez, era a diretora que não conseguia me olhar. Ficou mais fácil retrucar.

– Tu acha isso justo? – falei.

Ela se levantou, caminhou na minha direção, encostou na mesa e cruzou os braços abaixo dos seios. Ficou de frente para mim, a coxa quase encostada no meu joelho.

– Eu sei que não é justo. Queria que tu entendesse que isso não é fácil pra mim também, Zago. Tem hora que eu acho que tô completando o serviço deles, sabe? Que tô ajudando eles, que tô terminando de pintar o Benjamin.

Senti que ela esperava minha compreensão, alguma frase de conforto.

– Bom, é justamente isso – eu falei. – O que tu tá fazendo é justamente se juntar a eles.

Pedi licença, puxei a cadeira para trás, me levantei e saí. Fui à sala dos professores, vazia, abri o armário e recolhi meu material. Coloquei livros e DVDs na mochila, que acomodei às costas. Levei embaixo do braço duas pastas de plástico cheias de papéis – textos que costumava distribuir aos alunos, provas que gostava de aplicar. Deixei a escola para trás.

Menos de dez minutos depois, cheguei em casa e fiquei parado na cozinha, tentando decidir o que fazer no meu primeiro dia como desempregado depois de anos. Era em momentos como aquele, quando queria contar uma novidade para alguém, que me sentia mais sozinho. Não fazia sentido telefonar para algum dos professores. Meus melhores amigos de infância estavam espalhados por aí dirigindo caminhões, trabalhando em escritórios de advocacia, arrancando cáries em consultórios. Meus pais estavam mortos.

Peguei o celular e escrevi para a Ana.

"Fui demitido."

"Agora há pouco."

"Por causa da história do Benjamin."

Na tela do telefone, a tentativa de conversa com a Ana aparecia no topo de uma lista, acima do grupo dos professores, silencioso apesar da minha demissão, e do Giovanni. Voltei a clicar nas mensagens que havia acabado de enviar – queria conferir se elas haviam chegado. Abaixo do nome da Ana, uma frase informava que ela não olhava o celular desde as 10h28.

Embora já tivesse passado do meu horário de almoçar, não sentia fome. Sem nada melhor para fazer, sentei à mesa da cozinha, na ponta, como o patriarca de uma casa que só tinha uma pessoa. Era o lugar que meu pai costumava ocupar nas refeições. Era também onde ele gostava de vascular a memória da família, geralmente nas noites de domingo: espalhava álbuns recheados de fotografias em preto e branco, desgastadas pelo tempo, e cartas escritas em dialeto ou em um português precário. Passava horas mexendo naquilo. Deixava os óculos grossos repousados na ponta do nariz e falava baixinho os nomes de nossos antepassados enquanto via as fotos, nas quais dezenas de parentes posavam com a roupa de ir à missa: as mulheres com vestidos que cobriam dos ombros aos calcanhares, os homens com calça comprida, camisa e casaco, todos com o semblante de quem nunca conseguiu se livrar da preocupação de chegar a uma terra desconhecida.

Eu ainda tinha os papéis. Levantei da mesa e fui até o quarto dos meus pais. Na segunda gaveta de uma cômoda, peguei os álbuns e o envelope com as cartas. Voltei com eles até a mesa. Comecei a mexer nas folhas, tomando cuidado para não rasgá-las, e lembrei das primeiras vezes em que meu pai me chamou para acompanhá-lo no ritual. Eu tinha 12 anos. Ele achava que era hora de conhecer bem a história dos Zago.

Pelos relatos do meu pai, soube que meu trisavô, Genaro, havia chegado ao Brasil ainda bebê, saído de Gênova em um vapor, junto com os pais e sua irmã gêmea, para uma viagem de mais de um mês pelo Atlântico. Ele gostava de me contar que a família, como era comum com os imigrantes, viajou de terceira classe, e que a menina, provavelmente por falta de higiene no vapor, adoeceu no meio do caminho. Teve disenteria, e o leite que saía do peito da mãe não conseguia fortalecê-la. Acabou morrendo. O corpo foi jogado no mar.

Ela não aparecia em nenhuma foto. As mais antigas já mostravam a família estabelecida, reforçada pela chegada de outros parentes, trabalhando em lavouras de café em São Paulo: os homens sérios, apoiados em enxadas, com chapéus de palha sobre a cabeça, e as mulheres com os cabelos protegidos por panos brancos, segurando peneiras embaixo do braço. Uma das fotos tinha um menino de calças curtas e camisa branca. No verso, ele era identificado como Genaro. Anos depois, o menino deixaria as lavouras de café para encontrar outra leva dos Zago, uma parte da família que havia saído da Itália com uma missão diferente: se arriscar na colonização de lotes de terra no Rio Grande do Sul.

Eu mexi naquele material especialmente na época da faculdade. Depois de uma aula sobre imigração europeia, em que o professor nos falou sobre a política de branqueamento da população brasileira, busquei as cartas e tentei recriar um itinerário da família, organizando-as por ordem cronológica, aproveitando a assinatura no pé das folhas. Os primeiros registros eram de 1888, quase junto com o fim da escravidão. Era interessante como os relatos se repetiam: a situação da família, os planos de trazer novos parentes para o Brasil e sobretudo as descrições detalhadas de como era o trabalho nas lavouras de café e nas plantações de uva.

Talvez tenha crescido assim, na leitura do que escreveram nossos antepassados, a obsessão do meu pai pelo trabalho – um compromisso moral, uma obrigação religiosa. Ele tinha orgulho de ter se formado engenheiro, orgulho do sacrifício para abrir uma empresa, prosperar, dar conforto à mulher e ao filho. E eu sabia que lamentava minha escolha. Em vez de engenheiro como ele, em vez de médico ou advogado, em vez de alguma profissão de prestígio na cidade, professor de História. Pensei que tudo seria pior se ele estivesse vivo, se eu tivesse que lhe contar da demissão por defender o Benjamin, o haitiano que ele teria ajudado a pintar de branco.

Da casa vizinha, vieram o cheiro de comida (tortéi com guisado, eu apostaria) e as vozes das pessoas à mesa. Comecei a sentir fome. Enquanto decidia se comia em casa ou saía para almoçar, ouvi meu telefone vibrar no meio dos papéis. Era o Giovanni dizendo que tinha esquecido como se chamavam os bichos suicidas.

"Lêmingues", escrevi.

"Lêmingues! Isso!", ele respondeu segundos depois.

Guardei as cartas no envelope, peguei os álbuns e coloquei tudo de volta na cômoda. Olhei novamente o celular para ver se a Ana havia respondido. Dois traços azuis nas minhas mensagens indicavam que elas finalmente tinham sido lidas. Mas não havia resposta. Abri a conversa com o Giovanni, contei que tinha acabado de ser demitido e perguntei se ele já havia almoçado.

4.

    Eu às vezes tinha a impressão de que a cidade cochichava, como se reservasse alguns momentos do dia para respeitar o silêncio, ordenando que as crianças se concentrassem no que escreviam nos cadernos, que os velhos refletissem sobre uma vida que se acaba, que os adultos reverenciassem a seriedade do trabalho, até acontecer um movimento orquestrado de liberdade: o sinal para o recreio, os velhos desafiando o frio para caminhar até o mercado, os adultos saindo para ir ao banco, para apostar na loteria, para buscar o pão da nova fornada, o pão que será molhado na sopa. Mas naquele dia, enquanto eu caminhava até o apartamento do Giovanni, a sensação era diferente. Em vez de apenas cochichar, a cidade parecia me espiar por trás das cortinas para ver aonde eu ia, com quem eu falava. Andando pelas ruas, tão calmas, tão vazias, me perguntei se aquilo não seria um disfarce, se logo adiante, virando a esquina, eu também não seria atacado – punido por defender o Benjamin.
    Foram dez minutos de caminhada até tocar o inter-

fone do Giovanni. Duas horas antes, ele havia respondido minha mensagem dizendo que já tinha almoçado e me convidando para visitá-lo mais tarde. Enquanto comia sozinho em casa, comecei a receber mensagens dos professores, um a um, lamentando minha demissão. Alguns se mostravam mais revoltados, diziam que tinha sido uma injustiça; outros apenas desejavam boa sorte. Imaginei que todos calculassem até onde poderiam ir no apoio ao professor demitido, que ainda tateassem para saber se seriam vistos como cúmplices pelos pais dos alunos.

 O Giovanni fez soar uma campainha e destravou o portão. Quando cheguei ao terceiro (e último) andar, ele já estava parado à porta, de onde saía o ar do aquecedor. Vestia bermuda e casaco de moletom. Tinha os pés calçados em chinelos de dedo e cobertos por meias brancas. Fiquei impressionando no tanto que a barba tinha crescido, a ponto de eu poder distinguir pequenos fios brancos entre uma maioria de fios negros.

 – Se saio assim na rua, alguém chama a polícia na hora, né? – ele brincou.

 – Acho que tu morre de frio antes.

 A porta de entrada levava a um pequeno corredor que dava acesso à cozinha e desembocava na sala, de onde se podiam distinguir outras duas portas – o quarto e o banheiro, calculei. O Giovanni pediu que eu sentasse no sofá enquanto terminava de passar um café. Entre o sofá e a cozinha, havia uma mesa de jantar para quatro pessoas. Em cima dela, um notebook exibia figuras geométricas na tela de descanso. Ao lado da televisão, um porta-retratos mostrava um casal jovem na frente de um fusca branco. O homem era muito parecido com o Giovanni, mas com a pele um pouco mais negra. A mulher sorria como o Giovanni, com os olhos apertados e os lábios apenas levemente abertos, como se estivesse envergonhada.

– Teus pais? – perguntei quando ele saiu da cozinha com duas xícaras nas mãos.

– Sim.

– São tua cara. Moram onde?

– Não tão mais vivos. A mãe morreu esse ano. O pai morreu faz tempo.

Eu disse que lamentava. O Giovanni sentou-se à mesa e posicionou a cadeira em diagonal para mim. Ele soprou para dentro da xícara e fez a fumaça dançar na minha direção. Deixou a xícara rente à boca, levemente inclinada, mas sem beber, apenas sentindo o cheiro do café. Ficou olhando para o chão, como se tentasse ler alguma mensagem nos tacos do piso.

– E se não for uma luz que a gente vê quando morre? – ele disse.

– Como assim?

– Sabe esse negócio de filme americano? I saw the light. Vi um filme ontem, um filme besta, que tinha isso. Mas não deve ser assim, né? Isso deve ter surgido do nada. Bom, a gente meio que não tem como falar com as pessoas que morreram pra saber.

– É, não tem. Mas como tu acha que é?

Uma caturrita pousou na janela, equilibrou as patas na junção entre o vidro e a madeira, espiou para dentro, virou a cabeça de lado, como quem pondera se vale a pena seguir acompanhando a cena, e decidiu voar de novo. O Giovanni sorriu, tomou um gole de café e recolocou a xícara perto do nariz.

– Acho que depende se tu vai pro céu ou pro inferno, né?

– Ah, sim. Mas aposto que a gente vai pro céu. Como será a primeira sensação do caminho pro céu?

– Aí pode ser o cheiro do café. Já pensou? Tu morre e a primeira coisa que sente é cheiro de café.

– Porra, eu topo.

– A questão é: por que tem que ser um troço visual? Pode ser um cheiro. Ou um som. A tua música preferida.

– Ou alguma coisa corporal.

– Sim. Tipo, sei lá, um espreguiço. Tu não vê a luz, tu sente um espreguiço.

– Ou alguma coisa de tato. Apertar plástico bolha. Já pensou? No caminho pro céu, tu vai apertando plástico bolha e escutando o barulhinho. E vai relaxando, relaxando, até encontrar a paz total. Tá aí, o paraíso é feito de plástico bolha. A gente devia abrir uma igreja. A igreja do sétimo dia do quadrado do não sei o que mais do plástico bolha. Tô desempregado mesmo, né?

O Giovanni soltou uma risada. Ao exibir os dentes, fechou os olhos, como se o rosto não comportasse duas aberturas ao mesmo tempo. Riu por alguns segundos, até ficar sério de repente.

— Então quer dizer que te mandaram embora, é?

Detalhei o que tinha acontecido. Contei da aula na praça, do texto que pedi para os alunos fazerem, da revolta dos pais, da conversa com a diretora. O Giovanni me escutou com atenção. Quando terminei, ele ficou quieto, como uma máquina que terminasse de processar os dados antes de oferecer o resultado.

— E por quê? — ele perguntou. — Por que tu fez isso?

Olhei para os pés do Giovanni. Ele tinha abandonado os chinelos e roçava um dedão no outro. Eu conseguia escutar o som do atrito entre as meias.

— Sei lá. Porque eu tava puto. Porque eu precisava fazer alguma coisa, precisava ajudar o Benjamin de algum jeito.

— E tu acha que conseguiu?

— Ajudar?

— Sim. Tu acha que se esse menino vier aqui amanhã, ele tá mais seguro? Tu acha que os caras que torturaram ele se arrependeram?

Eu não esperava aquele tipo de pergunta. Tomei um gole de café para ganhar tempo.

— Não sei. Mas era o que eu podia fazer. Ia fazer o quê? Pegar quem amarrou ele e amarrar na praça também? Arrumar uma arma e matar quem jogou tinta nele?

— Sim — o Giovanni respondeu, balançando a cabeça em movimentos rápidos e curtos, para cima e para baixo. — Exatamente isso.

Não entendi se ele brincava.

— E depois pintar eles de preto. Tenho uma lata de tinta guardada ali só pra isso – ele completou, com um sorriso que não me pareceu combinar com a conversa.

Era difícil entender o que se passava na cabeça do Giovanni. Eu começava a acreditar que a morte, para ele, era uma banalidade. No sábado anterior, quando bebemos juntos nos bares da cidade (depois de voltarmos a nos encontrar duas vezes na padaria), ele me impressionou com a conversa sobre suicídio. O assunto surgiu no Bar do Ferrugem, quando o Giovanni falou que tinha se formado em Letras com um trabalho de conclusão sobre escritores suicidas. Naquela noite, ele perguntou se eu conhecia o Stefan Zweig. Respondi que o nome não me era estranho.

— Era austríaco. Fez muito sucesso na Europa, mas saiu de lá durante a Segunda Guerra e acabou vindo pro Brasil – o Giovanni falou.

— Saiu porque era judeu?

— Sim. Foi parar em Petrópolis. E se matou lá. Ele e a mulher. A foto deles mortos é famosa. Quer ver?

Antes de eu responder, o Giovanni tirou o celular do bolso, abriu o Google e digitou: "Stefan Zweig suicídio". Apareceram alguns links, seguidos de um bloco de fotos. Ele clicou na primeira e abriu, quase em tela cheia, a imagem de um homem e uma mulher deitados em uma cama. O homem vestia camisa social de manga curta e gravata. Estava com a boca levemente aberta, como quem ronca baixinho, e a cabeça pendia um pouco para a esquerda, onde quase se encontrava com o rosto da mulher, repousado em seu ombro. Os dois tinham as mãos dadas – a esquerda dela com a direita dele.

– Sabe o que eu acho mais impressionante? – o Giovanni disse naquela noite. – É que essa foto não me transmite morte. Ela transmite vida. A sensação é de que eles vão acordar dali a pouco, curtir mais um pouco de preguiça na cama, brincar um com o outro, falar as bobagens que casais falam, sabe? E te liga na mesa de cabeceira. Tá vendo ali? Tem uma garrafa, um copo, uma caixa de fósforo e umas moedas. Umas moedas, cara. A coisa mais trivial do mundo. Se bobear, é o que tu tem do lado da tua cama agora.

– E como é que eles se mataram? – perguntei.

– Tomaram uma porrada de remédio – disse o Giovanni no momento em que o Ferrugem chegava com mais uma cerveja. – Sedativos.

Peguei o celular da mão do Giovanni e, com o indicador e o dedão sobre a tela, ampliei a foto. Falei que havia uma serenidade no rosto dos mortos, como se finalmente estivessem em paz. O Giovanni concordou.

– Que bosta. Não consigo entender como alguém faz isso. Simplesmente não entendo – eu disse, devolvendo o celular.

– Não?

– Não.

– Mas eu entendo.

O Giovanni então começou a teorizar sobre suicídio. Ele disse que achava fascinante como coragem e covardia se misturavam – a decisão mais definitiva e a desistência irrevogável; a explosão da força na aceitação da fraqueza. Falou que via consciência na escolha, como se o desespero exigisse sobriedade: o método, a hora, o lugar, quem ferir, em quem jogar a culpa. Tentei argumentar que era besteira, que ele romantizava a maior derrota possível, mas ele insistiu. Disse que o suicídio lhe parecia a marca máxima da humanidade; que era o controle absoluto, porque era justamente o autocontrole dentro do descontrole; que era a única liberdade possível, a única reação à maior arbitrariedade da vida: a chegada inevitável da morte. Ele falou minutos a fio, empolgado, e só parou quando o Ferrugem (que não primava pela gentileza, mas pareceu ainda mais antipático à presença do Giovanni) gritou que eram dez horas e começou a baixar a porta.

Desde aquela conversa, haviam se passado menos de três dias. A vida em Nova Colombo não costumava correr com tanta velocidade. A sensação de estranheza, como se anos tivessem sido comprimidos em horas, também tinha relação com o Giovanni, um desconhecido que falava comigo como se fôssemos íntimos. Ele deixou a xícara ao lado do notebook, se levantou da cadeira, foi até a janela da sala e olhou para a rua. Um galo, provavelmente velho demais para entender as horas, começou a cantar, desafinado.

– Tu deve achar isso aqui um tédio – eu disse.

– Até que eu gosto. Mas acho que não pra morar.

– A gente se acostuma.

– Mas tu nunca pensou em ir embora? Ir pra alguma cidade maior?

Expliquei que tinha cogitado sair durante a faculdade. Poderia pedir transferência para Porto Alegre, a universidade permitia, mas o pai disse que não me bancaria, que era importante eu aprender a me virar, que já estava de bom tamanho ele pagar a mensalidade de um curso que não me dava futuro, mais comida, mais o valor da van que, diariamente, percorria os 30 minutos da praça até o campus. Pouco antes de eu me formar, a diretora da escola me avisou que haveria uma vaga para mim, e achei melhor jamais questionar se meu pai tinha alguma interferência no convite. Depois, vieram as aulas, o acidente, a morte dos meus pais, a casa para cuidar.

– É curioso. De certa forma, eu fiquei porque meus pais não tavam mais aqui. Em vez de me sentir livre pra ir embora, acabei ficando. Sei lá, é como se eu tivesse a obrigação de ocupar o lugar deles. De não deixar o sobrenome morrer na cidade, sabe? Se não fosse o acidente, eles certamente ainda morariam aqui. Mas eu não. Acho que eu já teria ido embora.

O Giovanni ficou de costas para a janela, com a silhueta recortada pelo contraste da luz vinda da rua. Daria uma foto bonita.

– Acidente de carro? – ele perguntou.
– Foi.
– Aqui na cidade?
– Logo onde começa a estrada. Bem ali nas curvas. Sabe onde é?
– Sei. Eu sinto muito.

A conversa me permitiu retribuir a pergunta. O Giovanni contou que a mãe tinha morrido de câncer no começo do ano – e que a perda, naturalmente pesada, foi ainda pior pelo vínculo formado entre eles, pela ligação fortalecida com a ausência do pai. Ele disse que foi criado em um bairro periférico de Porto Alegre, onde a mãe, habilidosa na costura, conseguia trabalhar de casa enquanto se desdobrava para também ocupar o papel paterno. Parecia mais um caso de abandono, mas lembrei do que o Giovanni havia dito pouco antes, quando apontei para o porta-retratos: o pai morto muito tempo atrás.

– E teu pai? – perguntei. – Quantos anos tu tinha quando ele morreu?

– Nenhum – ele respondeu, se afastando da janela e caminhando na minha direção. – Eu ainda tava na barriga da mãe.

O Giovanni voltou a se sentar na cadeira, mas ficou alguns segundos de costas para mim. Ele mexeu no notebook e fez desaparecerem as figuras geométricas do monitor. Em seguida, abriu a aba de navegação na internet e digitou "Gazeta da Serra". O site do jornal apareceu na tela.

– Deve ter sido difícil. Crescer sem conhecer o pai.

– Sim. Uma bosta. Mas fazer o quê? – ele falou, ainda olhando para o computador.

Fiquei na dúvida se deveria perguntar como o pai dele tinha morrido. Ele sabia como havia sido comigo. A reciprocidade me pareceu justa.

– E ele morreu do quê?

O Giovanni virou na minha direção, respirou fundo e bufou um pouco de ar pela boca. Olhou novamente para o chão, como se ponderasse se deveria falar a verdade, antes de me encarar e se permitir um pequeno sorriso, uma leve contração dos lábios.

– Imagino que tu não vai achar tão surpreendente – ele disse.

– Como assim?

– É que meu pai se matou.

Não consegui falar nada de imediato. Uma mosca zumbiu as asas entre nós e voou até o teto. Aterrissou ao lado de um lustre de metal dourado, adornado por pingentes de vidro que pareciam chover do teto.

– Não sei nem o que te dizer – falei.

– Não te preocupa.

Perguntei se ele sabia desde criança ou se descobriu depois de adulto. Ele falou que foi aos 13 anos. Disse que estudava perto de casa, em uma escola estadual, e que um dia, quando um dos professores faltou e não havia ninguém para substituí-lo, a direção mandou que os alunos ficassem jogando bola na quadra até dar o horário de sair.

– Só que tinha um buraco na grade. Um buraco que eu ajudei a fazer. Uma hora eu cansei de jogar bola e fui pra casa.

O Giovanni disse que a mãe não percebeu quando ele chegou. Ela conversava com uma cliente que havia se tornado sua amiga. E contava uma história que chamou a atenção assim que ele entrou, algo sobre um precipício, policiais batendo à porta de casa e pedindo que ela os acompanhasse, que ela precisava ir, precisava ver. O Giovanni falou que demorou a entender, não fazia sentido a mãe contar aquilo como se fosse com ela. Ele não sabia de ninguém que tivesse caído de um precipício na família, nenhum tio ou primo ou avô. Pensou que ela poderia estar falando de um amigo, uma história jamais passada para o filho, porque morte não é assunto de criança.

– Ouvi ela contar que foi com a polícia, viu o corpo lá de cima, de longe, mas mesmo assim não teve dúvida: era ele. Mas ele quem, né? Ele quem? Só que aí escutei ela falando assim pra amiga: "Era o meu marido, Marlene, reconheci pela roupa, eu sabia que era ele".

– Meu Deus, Giovanni.

– A mãe tinha me dito que o pai morreu dormindo, um problema de coração, que não tinha sofrido. Eu descobri que era tudo mentira. Tudo mentira.

Ele seguiu me relatando como, ainda escondido, ouviu a mãe dizer que não fazia sentido, que o marido estava normal, que havia dívidas, que a gravidez tinha sido acidental, que no início eles haviam pensado em tirar, mas que depois ele estava até feliz. E ainda ouviu a mãe contando que o policial explicou que foi suicídio mesmo, que um pessoal do bar comentou que ele tinha se despedido de um jeito estranho, que teve até gente importante, gente da política, indo na casa dela manifestar os pêsames, perguntar como podiam ajudar, aconselhar que ela buscasse uma vida nova, quem sabe mudando de cidade.

– Até que não aguentei mais – seguiu o Giovanni. – Entrei na sala gritando. Não falei nada. Olhei pra mãe, soltei um grito, meio que um urro, e saí correndo. Cheguei numa praça, sentei num balanço e comecei a me balançar com toda a força, até a cadeira quase virar. Eu nunca tinha chorado a morte do meu pai. A ausência dele sempre foi uma realidade pra mim. Tu entende? Não teve um dia que, pá, ele morreu. Ele sempre foi o pai morto. Mas aí foi como se ele tivesse morrido de novo, ou morrido de vez, sei lá. Finalmente chorei a morte dele.

Conversamos por mais de hora. O Giovanni me falou de cada passo do novo luto: a raiva da mãe, a reaproximação, a curiosidade – que, ele admitiu, virou uma espécie de obsessão com o suicídio. Escutei com paciência. Tinha a impressão de que era daquilo que ele precisava, de alguém novo, que não o conhecesse bem, em quem pudesse derramar a história do início ao fim; alguém órfão como ele.

Vi que a tarde ensaiava se despedir pela janela. Disse para o Giovanni que era hora de ir embora. Antes de me responder, ele voltou a mexer no computador. Na tela, apareceu o site da Gazeta da Serra.

– Tu conhece alguém lá? – ele perguntou.

– Conheço. Por quê?

– Queria pesquisar uns jornais antigos. Mas fui lá e não deu muito certo. Fui meio que expulso por um velho que tava lá.

– O Neno? Só pode ser o Neno. Ele nem é tão velho assim.

— Acho que ele não foi muito com a minha cara. Ele disse que eles não guardam os jornais antigos, que não tem como procurar nada.

— Mentira dele. Eu já fiz pesquisa lá pras minhas aulas, já mandei aluno lá. Ele é esquisito mesmo. É uma figura lendária aqui na cidade. Outra hora te conto. Mas seguinte: eu vou lá contigo. Amanhã, de repente. Que tu acha? Comigo junto, não tem erro, ele vai te ajudar.

O Giovanni agradeceu. Levantei para ir embora. Ele me acompanhou até a porta. Quando já nos despedíamos, tomei coragem para voltar ao assunto anterior e perguntar aquilo que estava na minha cabeça desde que ele tinha falado sobre a morte do pai.

— Mas escuta. Tu tem certeza? Certeza absoluta?

— Do quê?

— De que ele se matou. De que foi suicídio.

Ainda segurando minha mão, o Giovanni lembrou que eu mesmo tinha contado sobre os lêmingues. E falou que se até bichos se matam, se até bichos se jogam de um precipício, não era nada surpreendente que um homem fizesse o mesmo.

5.

Escurecia quando cheguei em casa. O frio aumentava. Coloquei pedaços de lenha e folhas da Gazeta da Serra no fogão e risquei um fósforo do tipo mais longo. Do jornal, o fogo foi para os gravetos. Pequenas chamas avermelharam a escuridão da gaveta de cima. As madeiras mais grossas queimariam em breve e saltariam estalos quando o fogo já estivesse alto. O fogão aqueceria a cozinha e diminuiria o frio da sala.

Busquei meu notebook no quarto e levei até a mesa da cozinha. Entrei em um site que reunia sebos e procurei por livros do Stefan Zweig. Achei uma autobiografia. Um texto no site explicava: "Após ter se radicado em solo inglês, é somente em 1941, na serra fluminense, que o pacifista Zweig encontra tranquilidade para finalizar sua autobiografia 'O mundo que eu vi'. Em 1942, Zweig e sua mulher, Elisabet Charlotte Altmann, são encontrados mortos, por ingestão de uma alta dose de soníferos, em sua casa em Petrópolis".

Comprei de um mesmo sebo, que prometia entrega em três dias, a autobiografia e outros dois livros – um sobre Fernão de Magalhães e um com relatos de momentos que, na visão de Zweig, definiram a História da humanidade. Imaginei que poderiam ser úteis quando eu voltasse a dar aulas. E isso me fez pensar na Ana. Resolvi mandar mais uma mensagem. Escrevi que estava preocupado e perguntei se ela estava bem. Ela finalmente respondeu. Disse que estava no ônibus a caminho da cidade. Sugeri buscá-la na rodoviária – imaginei que estivesse com medo. Ela disse que não precisava. Então pedi para visitá-la. Ela falou que me esperava às nove.

Dois minutos antes do horário marcado, eu estava lá. Fiquei parado, olhando para o relógio, esperando que o ponteiro maior desse três giros, e só então abri o portão. A Ana apareceu vestida com roupas folgadas: uma calça cinza, de algodão, de onde pendia um cordão branco, desamarrado, e uma malha azul que evidenciava a ausência do sutiã. Ela tinha os ossinhos do quadril à mostra, proeminentes entre o fim da calça e o começo da malha. Tive vontade de me ajoelhar ali mesmo, sob o marco da porta, e lambê-los como uma criança lambe o que resta de iogurte no pote. O cheiro do baseado, pendurado na mão direita da Ana, se confundia com o aroma da lenha que também queimava no interior do fogão. Ela levou o cigarro aos lábios, tragou com força, prendeu a respiração e então devolveu a fumaça pela boca, enquanto me dizia, com a voz anasalada típica de quem tenta não se engasgar com o fumo:

– Quer dizer que tu enlouqueceu de vez, é?

Meses antes, dois alunos da sétima série haviam sido suspensos por três dias depois de serem flagrados fumando maconha nos fundos da escola. A punição virou assunto na sala dos professores. Todos se mostraram escandalizados (por os alunos fumarem, não por serem suspensos), menos a Ana e eu, que nos olhamos e, com aquele olhar, iniciamos uma relação de cumplicidade. Quando os professores saíram da sala e só restamos nós dois, brinquei que o pessoal da biologia certamente cultivava certas plantas proibidas, e ela respondeu que sabia muito bem que todo professor de História era maconheiro. Horas mais tarde, fumamos e transamos pela primeira vez. Saí da casa dela, já madrugada adentro, convicto de que iniciávamos um relacionamento. Mas não foi assim. Os encontros seguintes foram ocasionais, sempre obedecendo ao humor da Ana, e com o tempo se tornaram cada vez mais esparsos.

Fiquei parado de pé na cozinha enquanto a Ana trancava a porta. Ao passar por mim, ela me pegou pela mão e me levou até a sala. Assim que sentamos no sofá, segurou meu rosto com as duas mãos, uma em cada bochecha, e me deu um beijo. Mordeu meu lábio inferior até machucar. Em seguida, levantou-se, foi à cozinha e voltou com uma garrafa de vinho e duas taças. Pelo rótulo, soube que era de uma vinícola da cidade, controlada por três irmãos – um deles aparecia no vídeo do Benjamin. Imaginei que a Ana não o conhecesse.

Passamos um bom tempo conversando sobre minha demissão, acompanhados pelo ruído de um aquecedor portátil. Fiz um relato completo, caprichei nos detalhes, resgatei os diálogos. A Ana acompanhou tudo com a excitação de quem escuta fofocas do trabalho (de certa forma, era isso mesmo). Em alguns momentos, parecia esquecer o pesadelo que aquilo tudo representava, parecia consumir uma história de ficção – e chegou a levar as mãos à boca, em espanto, quando falei que os alunos queriam fazer uma peça sobre o Benjamin.

Talvez incentivada pela música que jogava do celular para a tevê, de alguma cantora de MPB que eu desconhecia, a Ana deitou sobre minhas pernas. Ela costumava ter os lábios pálidos, em um vermelho tímido, exatamente na cor dos mamilos – eu amava a sincronia. Por causa do vinho, porém, eles estavam mais escuros e úmidos. Passei os dedos em volta, muito devagar, mal roçando a pele. Eu sabia que ela gostava daquilo.

– Por onde tu andou, hein? – perguntei.

– Eu tava com o Benjamin.

Senti o vinho voltando pela garganta. O espanto deve ter ficado evidente no meu rosto, porque a Ana logo se corrigiu.

– Quer dizer, não com o Benjamin. Fui pra casa dos meus pais em Caxias e passei lá no alojamento dos haitianos. Conversei com o Benjamin. Aproveitei e fiz contato com a agência que trouxe ele pra cá, contei tudo o que tinha acontecido. Tá foda.

– E como ele tá?

– Ah, tá bem, dentro do possível. Assustado, né? Quer ir embora, ir pra uma cidade maior, me falou em São Paulo, pediu minha ajuda com o pessoal da agência. Não sei se é tão simples. Mas o problema nem é esse.

– E qual é?

– Eles tão com muita raiva, Zago. Muita, muita raiva. Mesmo sabendo que eu tava lá pra ajudar, que eu tava do lado deles, eles me olhavam com muita raiva.

Perguntei se tinha acontecido mais algum episódio de violência com os haitianos. A Ana contou de um grupo que trabalhava em um hospital e foi proibido de almoçar no refeitório junto com os demais funcionários. Eles reclamaram, a história se espalhou, e o hospital alegou que estava apenas organizando os turnos de almoço para não prejudicar o fluxo de trabalho – e que achou melhor deixar os haitianos todos juntos porque eles só socializavam entre si.

– Papo furado, né? – disse a Ana.

Antes de eu responder, ela levantou de um pulo e foi até o quarto, de onde voltou com um cobertor. O calor do aquecedor já não era suficiente. Ela deitou novamente sobre as minhas pernas, se acomodou debaixo do cobertor e continuou falando.

– Sabe o que devia acontecer? Eles deviam nos matar. Simplesmente vir aqui e nos matar. Inclusive nós dois.

– Sim. E enterrar nossos corpos, deixar a cabeça pra fora e cobrir de açúcar pros bichos comerem.

A Ana franziu as sobrancelhas.

– Aconteceu na revolução haitiana – expliquei. – Mas eram os brancos que faziam isso com os negros. Contei pros alunos na praça.

– Tu contou isso pros alunos?

– Sim. Peguei pesado, né?

– Porra! – reagiu a Ana, rindo.

Aproveitei a risada para colocar as mãos sob o cobertor. Senti o calor da barriga da Ana e retomei o movimento que tinha feito em volta dos lábios. Ela suspirou. Com as duas mãos, fui fazendo desenhos imaginários sobre a pele, às vezes em direções opostas, às vezes no mesmo sentido. Contornei o umbigo, cerquei os ossinhos do quadril, senti o elástico da calça, subi pelas costelas até roçar na lateral dos seios, e então voltei para onde tudo tinha começado – para retomar o jogo, indo mais longe, tocando os mamilos de leve, visitando o topo da calcinha, sem pressa, até perceber que ela começava a apertar as pernas uma contra a outra, que se contorcia. Transamos com gula, com raiva, exorcizando um ao outro, atiçando os cães dos vizinhos, que pareciam uivar de inveja. Quando terminamos, a Ana tinha o corpo tomado de manchinhas vermelhas, como se tivesse acabado de correr sob o sol, e eu sentia minhas pernas tremerem. Ela se abraçou em mim, me apertou com força e começou a rir, e depois a chorar, e depois a rir e chorar ao mesmo tempo, e me pareceu viver um daqueles momentos em que percebemos que estamos sufocados, ao mesmo tempo, por uma imensidão de beleza e de horror.

Quando se acalmou, a Ana nos tapou com o cobertor. Comecei a fazer cachinhos em seu cabelo, aproveitando as mechas que caíam sobre as têmporas. Senti que ela queria dizer alguma coisa, mas media a situação, calculava se valia a pena.

– Que foi? – perguntei. – O que tu tá pensando?

– Isso aqui – ela respondeu, apontando para nós dois. – Não dá uma sensação de completude? Falam que um casal que se ama se completa, não falam? Mas não é nada disso. Isso é o sexo que faz. Bom, é até meio óbvio, né? Espaços preenchidos e tal. Sei lá, só sei que é bonito. Tu não acha?

– Acho. Gosto da ideia. O sexo como completude.

– É. Mas e o amor? Como fica o amor?

– O amor? Acho que o amor pode ser extensão. Ou ampliação, de repente: o amor como ampliação. Não como algo que preencha o que tu não tem, mas que aumente o que tu já tem. Faz sentido?

A Ana respondeu que sim, fazia sentido. Seguimos conversando noite adentro, até eu perceber que ela tinha dificuldades em manter os olhos abertos. Era possível que fôssemos as únicas pessoas na cidade acordadas por opção, pensei. Devia haver o homem que cambaleava de sono até o banheiro, a criança que despertava de um sonho, a mulher que buscava na cozinha os remédios para alguma dor. Mas por opção, simplesmente porque sim, eu apostava que éramos só nós.

– Tu já sentiu isso que tu tava falando antes? – ela perguntou, de olhos fechados.

– Isso o quê?

– O amor como ampliação.

Por baixo do cobertor, apertei a Ana contra o meu corpo.

– Sim – respondi.

Ela sorriu, mas não falou nada. Segundo depois, já ressonava. Fechei os olhos e também dormi. Quando acordei, sem saber se tinham se passado minutos ou horas, despertei a Ana e falei que precisava ir para casa. Ela não me convidou para ficar. Enrolou-se no cobertor, me acompanhou até a porta e me deu um beijo de despedida.

– Tu vai voltar pra escola? – perguntei.

– Volto amanhã.

Contornei a casa e abri o portão da frente. Ele rangeu e chamou a atenção de um cachorro, que começou a latir na casa vizinha.

– Vai dormir, ô vagabundo – um homem gritou, e eu não soube se era comigo ou com o cachorro que ele reclamava.

Olhei para o relógio. Eram duas da manhã. Os carros estacionados na rua tinham uma leve camada de geada. Caminhei rápido, apressado para espantar o frio. Quando cheguei em casa, coloquei as mãos um pouco acima da chapa do fogão, menos quente do que antes, mas ainda capaz de gerar calor. Tirei as cinzas da gaveta de baixo, quase cheia, antes de dormir.

Na manhã seguinte, acordei perto do meio-dia. Fui ao pátio e encontrei a edição de quarta-feira da Gazeta da Serra embalada à perfeição em um saco plástico transparente, em cima da grama molhada. Havia começado a chover ainda de madrugada. Quando abri a janela, o céu tinha cor de chumbo e, de tão pesado, parecia ter se aproximado da cidade. A água caía forte – o suficiente para ensopar meus pés no breve caminho, não mais do que dez metros, percorrido para buscar o jornal.

A Gazeta só circulava às quartas, às sextas e aos domingos. Era a primeira edição desde que haviam jogado tinta branca no Benjamin. Voltei à cama e folheei o jornal, apressado, para comprovar o que já suspeitava: não havia referência alguma à agressão. A capa tinha uma foto grande do salão da igreja no galeto solidário, embora a manchete fosse dedicada ao asfaltamento da estrada que ligava o centro a uma parte da colônia, quase no limite da cidade. Logo abaixo, uma chamada menor anunciava a coluna semanal do prefeito na página 3.

O título da coluna era "Nossa gente". No texto, ele escrevia que o século XXI trazia desafios globais mesmo para cidades pequenas como a nossa. Dizia que as novas ondas migratórias eram uma realidade no mundo todo, e que isso exigia lideranças fortes, capazes de aplicar à situação o pragmatismo que ela exigia. Afirmava que estava consciente de que nossos antepassados também haviam chegado ao Brasil como imigrantes, mas que eram um tipo diferente, um tipo obstinado por trabalhar. E concluía garantindo que sua maior missão como prefeito era preservar o trabalho, a tranquilidade e os valores dos cidadãos da cidade.

Desisti de ler o resto do jornal. Pela janela, fiquei olhando a chuva. Ela caía com uma regularidade impecável, feito um chuveiro esquecido aberto. Os carros passavam com o limpador de para-brisa ligado no máximo e jogavam a luz dos faróis sobre os paralelepípedos. Parecia noite. Mandei uma mensagem para a Ana convidando que ela fosse à minha casa. Ela disse que preferia ficar sozinha, mas que poderíamos nos ver no fim de semana. Respondi que tudo bem.

 A quinta-feira pareceu uma continuação do dia anterior. As casas mantiveram as janelas fechadas, os cachorros pouco latiam, só um ou outro passarinho se animava a cantar. Senti cheiro de pinhão, mais tarde de bolinho de chuva. Na tevê, um repórter mostrava quedas de barragens na estrada, a poucos quilômetros de Nova Colombo, e a moça do tempo avisava que só iria parar de chover na sexta.

 Foi o que aconteceu. O dia ainda amanheceu fechado, mas o sol se intrometeu entre as nuvens e brilhou sem ameaças ao longo da manhã, conforme o céu ficava mais e mais azul. A mudança de clima pareceu animar o Giovanni, que me mandou uma mensagem perguntando se eu topava ir ao jornal colocar pressão no Neno. Marquei de encontrá-lo à uma da tarde na praça, no meio do caminho entre minha casa e a Gazeta da Serra.

 Quando cheguei, o Giovanni já estava lá, sentado em um banco próximo à estátua do Colombo. De onde eu via, o navegador parecia julgá-lo: olhava de cima e apontava o dedo indicador da mão direita. A estátua havia sido maltratada pelo tempo. Estava carcomida nos braços, suja de bosta de pomba, cheia de corações desenhados com liquid paper. Lembrei do medo que senti, mais de 20 anos antes, no dia da cerimônia de inauguração do monumento: o bloco de concreto mais alto que meu pai, os olhos opacos me observando o tempo todo, me perseguindo mesmo que eu desse passos para a direita, depois para a esquerda, depois para trás. Anos mais tarde, a imagem seria motivo de polêmica na cidade. Um vereador defendeu sua retirada, alegando que Colombo era mais espanhol do que qualquer outra coisa, e outros políticos foram na onda – alguns chegaram a pregar a mudança de nome da cidade. O prefeito da época vetou a ideia. Lembrou que era mais barato deixar a estátua lá do que gastar com a remoção. Para mim, ela se tornaria útil. Era só sair da escola por alguns metros, reunir os alunos e explicar que aquele homem, de certa forma, estava envolvido na existência de todos eles, de todos nós: o primeiro dos muitos italianos que enfrentaram o mar e chegaram à América.

Cumprimentei o Giovanni com um aperto de mão. Da praça, seguimos para o prédio da Gazeta, e logo no início da caminhada ele começou a me perguntar sobre o Neno. Expliquei que para entender o Neno era preciso entender antes o Emilio Salvatore, ou apenas Salvatore, o nome que ele carregava nos tempos de fama na cidade. Falei que os relatos sobre os anos de glória do Neno soavam estranhos para mim, que já o conheci como o homem do saco. Contei o que meus pais me diziam: que o Neno tinha sido figura importante, cria de família rica, dona de terras, e um dos primeiros a sair para fazer faculdade, e que depois retornou – um pouco para ajudar nos negócios da família, um pouco para trabalhar no recém-lançado jornal da cidade, fazendo de tudo: editor, colunista, fotógrafo, mas especialmente repórter, e dos bons, a ponto de começar a incomodar políticos, a publicar denúncias.

O Giovanni me escutava, olhando de lado, enquanto caminhávamos. Contei que o Salvatore passou a ser temido e bajulado em proporções parecidas. E que o trabalho começou a render problemas até com parentes. Depois de reportagens em que acusava amigos da família de desviarem dinheiro da prefeitura, acabou rejeitado pelos pais, não era mais chamado para os almoços de domingo, não recebia mais dinheiro dos negócios dos Salvatore na cidade.

– E aí dizem que ele ligou o foda-se. Atacava todo mundo. Até que começou a ser ameaçado e uma hora teve que dar no pé.

– Isso foi na época dos milicos?

– Sim. Acho que no finzinho, porque o jornal é dos anos 80. Só que isso é meio relativo, porque aqui a época dos milicos demorou bem mais pra terminar, né?

– E pra onde ele foi?

– Andou por um monte de lugar, parece que Rio, São Paulo. Mas se fixou mesmo foi na Argentina. Passou uns anos lá até voltar. Não sei quantos. Mas sei que nos anos 90 ele tava por aqui, porque eu morria de medo dele quando era criança.

Falei para o Giovanni que o Salvatore das minhas primeiras lembranças já era um homem que bebia muito e andava pelas ruas sujo, fedido, falando sozinho. As crianças começaram a temê-lo, e os pais se aproveitaram: passaram a dizer que ele era o homem do saco, o responsável por identificar os mal-educados, os desobedientes, os maus alunos, e levá-los embora dentro de um saco. Contei que tinha recordações de sair correndo para dentro de casa quando o Salvatore aparecia, mas que aos poucos fui percebendo que não fazia sentido, porque comigo ele jamais falava: passava reto, de cabeça baixa, mesmo quando estava muito bêbado. Com as demais crianças, era diferente. Ele pegou a mania de chamá-las de nena ou neno, e logo as pessoas também começaram a chamá-lo assim. Conforme perdia respeito, ele deixava de ser Salvatore, o repórter admirado, e virava Neno, o sujeito mantido no jornal por pena.

Quando entramos na rua da Gazeta, comentei que não havia hora melhor para encontrar o Neno lá. Ele substituía a secretária no intervalo de almoço, embora não tivesse por hábito atender ao telefone, que naquele dia já conseguimos ouvir, tocando sem parar, na calçada da casa branca, de dois andares, enfeitada por um letreiro que dizia: "Gazeta da Serra – tradição desde 1982". Empurrei a porta, escurecida por uma película fumê gasta nas pontas. Não havia ninguém no saguão de entrada, decorado com quadros que emolduravam capas antigas – de prefeitos que se revezavam no cargo, de comemorações de safras de uva, de conquistas de times de futebol, de tragédias esporádicas: um desmoronamento nos anos 80, um incêndio nos 90, a queda de um teco-teco nos 2000. Apertei a campainha sobre o balcão, feito as de hotel, e uma voz respondeu do segundo andar:

– Já vai!

Ouvimos passos. O Neno desceu devagar. No meio do caminho, onde a escada em caracol fazia uma curva para a esquerda, ele me viu encostado ao balcão e sorriu com dentes que já passavam do amarelo para o verde. Tinha olhos pequenos, azuis e bondosos, mas manchados por risquinhos vermelhos que combinavam com as marcas, também vermelhas, presentes na pele da testa até o pescoço. Imediatamente, o cheiro de cigarro envolveu o lugar, e os tons de amarelo nos bigodes e nas unhas ficaram mais evidentes. Ele vestia calça social cinza, com furos na altura da coxa esquerda, e um blusão verde em gola V, que permitia ver parte da camisa usada por baixo, de um branco que não era mais branco.

O Neno seguiu descendo, mas foi só depois do último passo, ao firmar os dois pés no térreo, que percebeu a presença do Giovanni. Olhou primeiro para ele, depois para mim, e perguntou se estávamos juntos.

– Estamos juntos, Neno – respondi. – Seguinte: tô ajudando o Giovanni aqui, acho que tu já conheceu ele, né? Tô ajudando numas pesquisas que ele tá fazendo. Mas pelo visto teve algum mal-entendido, porque ele disse que veio aqui e tu falou que não tem como pesquisar, que o jornal nem tem acervo. Mas tem, né? A gente sabe que tem. Aí tu imagina, o cara vem lá de Porto Alegre e não consegue nem fazer as pesquisas dele. O que ele vai falar de nós quando voltar? Falei pra ele que não era possível, que eu ia falar com o Neno e o Neno ia resolver, porque o Neno é praticamente dono desse jornal. Falei ou não falei, Giovanni? Daí achei melhor vir junto te pedir pra quebrar essa pra gente.

O Neno parecia raciocinar em busca de alguma saída. Eu não entendia qual era o problema. Ele sempre me deu a impressão de que gostava de ajudar, gostava de se sentir útil.

– Buenas, a gente vê o que pode fazer – ele enfim respondeu. – É que tá uma bagunça desgraçada aquilo lá. Nem sei se vale a pena mexer, e...

– Vale, sim – eu interrompi.

O Neno baixou os olhos, derrotado, e quando os ergueu de novo, finalmente se dirigiu ao Giovanni.

– Bom, então posso dar uma pesquisada, né? Mas já me esqueci, tu quer que data mesmo?

– Junho de 90 – o Giovanni respondeu.

Como que adivinhando a pergunta que eu faria em seguida, o Neno me olhou de novo.

– Ué? Por que junho de 90? – falei. – Por que uma data tão específica?

O Giovanni reagiu primeiro com os braços. Por uns dois ou três segundos, gesticulou, balançou as mãos, e só então respondeu.

– Ah, não tem um motivo especial. É coisa da pesquisa. A gente tem que estabelecer umas datas, sabe, uns negócios de metodologia.

Silenciamos os três. O Neno em seguida entregou um papel para o Giovanni preencher – uma ficha que eu também preenchia quando fazia pesquisas no jornal, com nome completo, RG, data de nascimento e telefone. Na data de nascimento, vi que ele escreveu 15 de outubro de 1990.

– Semana que vem eu te entrego tudo – o Neno disse, pegando a ficha do Giovanni antes de se virar para subir as escadas. Já estava de costas para nós quando agradecemos.

Deixamos a sede do jornal e voltamos a caminhar na direção da praça. Convidei o Giovanni para tomar um café na padaria. Ele pensou um pouco e acabou aceitando. Sentamos no mesmo lugar onde eu estava quando nos conhecemos. As crianças passavam na direção da escola onde eu não dava mais aulas, e o Giovanni olhava para o ponto onde o Benjamin já não ficava. A atendente nos trouxe dois cafés. Eu misturava o açúcar ao meu quando falei para o Giovanni da ironia: que ele e eu poderíamos ter sido amigos de infância, ter crescido juntos.

– Porque a real é que foi aqui, né? – eu disse. – Tu nasceu em outubro de 90. Tu quer ver os jornais de junho de 90. Não tem pesquisa nenhuma. Foi aqui que o teu pai morreu.

O Giovanni tomou o café em dois goles e ficou olhando para o fundo da xícara, como se lá houvesse alguma mensagem, alguma sugestão do que dizer.

– Foi aqui – respondeu. – Foi aqui, sim.

Ele sorriu, e perguntei se era do meu talento de detetive que ele estava achando graça.

– Não é disso, não.

– E do que é então?

– Disso que tu disse. De que poderíamos ter sido amigos, ter crescido juntos.

– Sim. Porque eu nasci em novembro de 89. A gente

teria quase a mesma idade, menos de um ano de diferença. Mas ó: tu teria que me respeitar, porque eu sou mais velho.

O Giovanni balançou a cabeça, em sinal de discordância, e me perguntei o que teria falado de errado.

– A gente não seria amigo, Zago. Isso que tu precisa entender: a gente nunca seria amigo.

PARTE DOIS

1.

Os livros do Stefan Zweig chegaram na manhã de sábado. O entregador assobiava uma melodia alegre quando me entregou o papel para assinar. Era a melodia da música que tocava no rádio do furgão amarelo que ele tinha estacionado na frente da minha casa. O dia havia amanhecido bonito, ensolarado. Pensei que devia ser agradável dirigir um furgão em um dia como aquele, assobiando as músicas do rádio e levando às pessoas os objetos que elas desejavam. Eu estava angustiado por não ter o que fazer ao longo do sábado, quando arrumar o que fazer parecia obrigatório mesmo em uma cidade pequena. Foi bom saber que os livros me manteriam ocupado até a hora de encontrar a Ana – ela havia prometido um jantar.

Abri o pacote e decidi começar pela autobiografia. Deitei no sofá para ler. Algumas páginas depois, já me sentia preso em uma espécie de inventário do mal, de itinerário da barbárie. O relato mostrava que Zweig, intelectual judeu em um mundo em guerra, foi uma testemunha muito particular de como o horror age – infiltrando-se no cotidiano. Para ele, o horror não se apresentou na queima de seus livros pelos nazistas em Berlim ou no choque da descoberta dos campos de concentração: o horror chegou a conta-gotas, um pouquinho a cada dia. Começou a se insinuar décadas antes do Holocausto, quando Zweig percebeu a calma de sua Áustria natal ser abalada pela presença de grupelhos universitários, munidos de bastões, agredindo minorias na fronteira com a Alemanha. Ainda não era a guerra, ainda não era o extermínio: era o ódio testando os limites, avançando passo a passo, se alimentando da descrença dos otimistas, dos ingênuos que apostavam em uma Europa livre do mal.

Por sua condição de escritor errante, por seu trânsito na intelectualidade europeia, Zweig também testemunhou a propagação da violência pelo continente. Na Itália, em dia de paralisação dos trabalhadores, presenciou o ataque sofrido por grevistas – ataque feito por jovens que cantavam a "Giovinezza", canção que depois seria conhecida como o hino dos fascistas. Na Espanha, pouco antes da guerra civil, viu camponeses, guiados por padres, entrando maltrapilhos em um prédio público e saindo de lá uniformizados e portando fuzis.

Zweig já não estava na Áustria quando Viena foi tomada pelos nazistas. Meses antes da anexação, ele passou pela cidade para abraçar a mãe, alguns familiares, amigos. E se surpreendeu com a calma das ruas. Os amigos zombavam de seu alarde, zombavam das ameaças de Hitler, enquanto Zweig tentava alertá-los de que aquela tranquilidade (as festas, as compras de Natal) não duraria. Acabou se convencendo de que os amigos estavam certos: não por duvidar da ameaça, mas por não se antecipar a ela. Por viver sem medo os últimos dias felizes.

Ele era um expatriado quando soube da queda de Viena – os professores universitários obrigados a escovar as ruas, os velhos forçados a se ajoelhar e gritar "Heil, Hitler", os judeus levados para lavar latrinas das casernas nazistas. Zweig, que se reconhecera um estrangeiro em casa, já rodava o mundo em busca de um lar. E o encontrou no Brasil, mais um entre tantos imigrantes em busca de uma terra de paz. Mas que também seria a terra de sua morte. Em 1942, cansado das notícias sobre a guerra, resignou-se. Em uma carta de despedida que achei na internet, escreveu que não tinha mais forças: "As minhas se exauriram nestes longos anos de errância sem pátria".

Passei o fim da manhã e a tarde inteira envolvido pelo livro. Li quase inteiro. Quando chegou a noite, passei mais uma hora pesquisando artigos e lendo trechos de biografias (nelas, aparecia a foto de Zweig morto com a esposa sobre a cama). Em alguns momentos, senti que pegava para mim a obsessão do Giovanni.

Tive que abandonar as leituras quando a noite se firmou. Tomei um banho rápido, me vesti e fui à rua, onde o ar gelado pareceu entrar pelos poros que a água quente havia aberto em meu rosto. O livro ainda não havia saído de mim quando cheguei à casa da Ana. Ela abriu a porta, se aproximou e me lambeu rapidamente a boca, feito um réptil capturando um inseto. Ficou parada me olhando, rindo, e quando fui beijá-la, ela passou a língua em volta dos meus lábios, porém mais devagar. Senti o hálito de vinho.

– Trouxe mais dois – eu disse, segurando uma garrafa em cada mão.

A Ana me levou à cozinha. Enquanto terminava de preparar a massa sobre a qual derramaria o molho branco que cheirava à perfeição sobre o fogão, perguntou o que eu tinha feito o dia todo. Falei que havia ficado em casa lendo. Ela quis saber o quê. Respondi que era um livro do Stefan Zweig. A Ana então perguntou sobre o que era o livro.

– Deixa pra lá. Não quero estragar o clima – eu disse.
– Sem essa. Pode ir contando.

Passei uns 15 minutos teorizando sobre o livro. Disse que ele era uma radiografia do que temos de pior, um aviso sobre a capacidade humana de renovar sua brutalidade, de sempre criar alguma nova forma de desumanização. A Ana me ouviu com atenção, bebendo o vinho em goles pequenos, se servindo da garrafa de tempos em tempos, até que começou a armar um sorriso. Parei quando ela falou "tá, professor, chega, chega". Pouco depois, já sentada à mesa, a Ana perguntou de onde tinha surgido meu interesse por um escritor que ela não conhecia e que eu jamais havia citado em nossas conversas. Lembrei, enquanto servia mais vinho em nossas taças, que eu mal tinha falado para ela sobre o Giovanni – só o havia mencionado no salão da igreja, quando contei com quem tinha bebido na noite anterior.

– É uma longa história – eu disse.

– A gente tem tempo.

Foi como se o Giovanni jantasse conosco. Contei da conversa sobre suicídio, da desculpa de que ele estava na cidade para fazer uma pesquisa acadêmica, do relato sobre a morte do pai enquanto ainda estava na barriga da mãe. Falei da visita ao Neno, do pedido para ver jornais de junho de 90, da data de nascimento escrita no papel – também em 90. E da confissão: que havia sido na cidade, que o pai havia morrido em Nova Colombo. A Ana buscou outra garrafa de vinho, abriu, nos serviu e começou a fazer perguntas. Quis saber o que o Giovanni vinha fazendo, com quem já tinha falado. Quis saber especialmente o que eu achava: se tinha sido suicídio ou se poderia ter algo por trás, algo que motivasse um homem a trocar de cidade para fazer uma investigação às escondidas. Respondi que não sabia, que não tinha como saber.

Terminamos a segunda garrafa ainda na mesa. O efeito do álcool me deixou mais quieto. E a Ana reagiu como eu esperava: assumiu a excitação de quem jamais perderia a chance de ocupar o papel de protetora, como havia acontecido com o Benjamin. Quando percebi, ela já havia se agregado aos próximos passos, já dizia o que poderíamos fazer, com quem deveríamos falar, como poderíamos ajudar o Giovanni. Falou que não faltariam testemunhas de uma história ocorrida quase três décadas antes. Especulou nomes de pessoas que deveríamos interrogar (usou esse termo: interrogar), como se conhecesse a cidade melhor do que eu. Mencionou a diretora, os velhos que jogavam baralho nos bares, homens com mais de 50 anos que trabalhavam na cooperativa – e que ela conhecia por causa do Benjamin. No auge da empolgação, deu uma ideia que me pareceu interessante: o padre Faustino.

– Se o representante de Deus na cidade não ajudar, quem vai ajudar, né? – ela disse.

O padre Faustino estava na cidade desde a minha infância. Ele havia me batizado. Foi com ele que experimentei a primeira hóstia, que fiz a primeira confissão. Era natural que pudesse saber o que aconteceu em 1990. Disse para a Ana que ela tinha razão, que eu procuraria o Giovanni durante a semana e sugeriria que falássemos com o padre.

– Não – ela reagiu. – Fala agora. Liga pra esse Giovanni, manda uma mensagem pra ele. Tem missa amanhã. A gente vai lá e procura o padre.

Peguei o celular no bolso e comecei a digitar uma mensagem. A Ana espichou a cabeça por cima da mesa e acompanhou o que eu escrevia.

"Sugestão: ir falar com o padre Faustino. Ele tá aqui desde sempre. E é pecado mentir. Que tu acha?"

O Giovanni logo começou a responder. Na tela, apareceu a palavra "digitando". Parecia ser uma resposta longa, o "digitando" saía e voltava. Levou mais de um minuto para ela finalmente chegar.

"Não sei. Será?"

"Pq a dúvida?"

"Porque não conheço ele."

"Bom, tu não conhece ninguém aqui. A gente tem que

começar de algum lugar."

Ele parou de responder. A Ana aproveitou o hiato na conversa, me levou para a sala, me fez sentar no sofá, subiu em mim e apoiou a bunda em minhas pernas. Nos beijamos como se tivéssemos saudade. Paramos quando senti o celular vibrar no bolso. Ela se jogou no sofá para que eu pudesse pegar o telefone.

"Tá certo. Topo. Quando?"

"Amanhã. Antes da missa das 11. Vou levar uma pessoa junto. Depois te explico."

Combinei com o Giovanni de encontrá-lo às dez em frente ao salão. Nas manhãs de domingo, quando não estava em missa, o padre costumava ficar na secretaria paroquial, uma sala anexa à igreja, sentado atrás de uma mesa de escritório, feito um funcionário público cumprindo o expediente. Era lá que falava com os fiéis fora da solenidade da igreja. Quando eu tinha dez anos, foi lá que meu pai me levou para se informar sobre a catequese. Também foi lá que, quatro anos depois, ele já me mandou sozinho perguntar sobre a crisma. A sala ainda funcionava como ponto inicial e final da peregrinação da capelinha pela cidade. A imagem de Nossa Senhora era enfeitada com flores e protegida por um vidro e uma caixa de madeira, com uma fresta abaixo da santa para as pessoas colocarem dinheiro. Ela era retirada por uma das beatas mais próximas ao padre (ele se referia a elas como zeladoras) e, seguindo uma ordem preestabelecida, fazia uma espécie de rodízio pelas casas de quem havia se prontificado a recebê-la. Passava uma noite com cada família, recebia orações, agradecimentos, pedidos, e no dia seguinte era levada adiante, até cumprir todo o roteiro e retornar à paróquia. Acompanhei minha mãe algumas vezes na entrega da santa a uma vizinha três casas abaixo. Tinha vontade de eu mesmo carregá-la, mas jamais me foi permitido: carregar a santa não era função de criança. Uma semana depois de meus pais morrerem, uma das zeladoras passou em casa e me perguntou se eu gostaria de receber a capela. Eu disse que não era necessário, e ela se despediu sem pedir explicações, ao contrário do padre, que sempre, em encontros ocasionais pelas ruas, me convidava para retornar às missas, alegando que eu faria dois anjos felizes no céu. Mas jamais voltei. Minha última missa foi a de sétimo dia dos meus pais.

    A Ana ficou de pé, tirou a roupa e voltou a subir em mim. Perguntei se ela confessaria os pecados ao padre na manhã seguinte. Ela disse que a confissão poderia prejudicar nosso trabalho investigativo, então era melhor evitar. Prometi fazer o mesmo. Transamos com ela de frente para mim, me olhando nos olhos, a pele arrepiada pelo frio. Quando terminamos, a Ana correu na direção do quarto e me chamou de lá. Fui atrás. Ela já estava tapada por cobertores e batia o queixo quando eu entrei.

    – Dorme aqui – disse.

    Acordamos depois das nove. Vesti a mesma roupa da véspera e escovei os dentes com o dedo indicador da mão direita. A Ana fez café e torradas. Das casas vizinhas, vinham barulhos característicos das manhãs de domingo: os carros estacionando, os parentes se cumprimentando, as crianças dando gritinhos de empolgação por reverem os avós, as churrasqueiras sendo arrastadas para algum espaço ao ar livre, onde a fumaça poderia circular melhor. Pela janela da cozinha, entrava a luz de um dia bonito. A Ana colocou mais café na minha xícara e me deu um beijo. Era o primeiro beijo que ela me dava à luz do dia.

    Saímos à rua e pegamos a avenida principal. Açougues, padarias e alguns mercados estavam abertos para garantir o almoço. Casais aproveitavam a parte mais plana da cidade para fazer caminhada. Jovens se reuniam na calçada para ver outros jovens passarem de carro. Homens já bebiam vinho ou cachaça e jogavam sinuca ou baralho nos bares. A Ana pediu para atravessarmos a rua quando nos aproximamos do Bar do Ferrugem. Atravessamos de volta quando nos aproximamos do Bar do Gringo.

    Chegamos à escadaria da igreja, olhamos para cima, vimos o Giovanni nos esperando e começamos a subir os degraus. Ele acenou e desceu na nossa direção. Estávamos no meio da escadaria quando esticou a mão e cumprimentou a Ana.

    – Falamos muito de ti ontem – ela disse.

    – Espero que bem – ele respondeu.

    Subimos o resto da escada, com a Ana entre nós. Dobramos à esquerda, contornamos a igreja e vimos a secretaria paroquial aberta. Foi possível identificar a silhueta de uma mulher à porta e a sombra de um homem por trás da janela. Uns poucos passos adiante, confirmei que o homem era o padre Faustino. Ele sorriu quando me reconheceu. Lá de dentro, gritou:

— O Zago!

O padre me deu um abraço. Ele não estava de batina. Vestia uma calça cinza, uma malha branca e um casaco preto. No pescoço, carregava um crucifixo de madeira. Tinha os olhos e o rosto bastante vermelhos – levava a fama de não restringir às missas o consumo de vinho. Depois de me abraçar, manteve as duas mãos em mim, uma em cada ombro, enquanto olhava para a Ana e o Giovanni.

— Quer dizer então que o Zago resolveu dar o ar da graça e ainda trouxe mais gente pra conhecer a minha paróquia? Sejam muito bem-vindos – ele disse.

Expliquei ao padre que estávamos lá para pedir ajuda. Disse que tentávamos entender um episódio acontecido na cidade havia quase 30 anos. Ele falou que a memória não andava boa, que vinha esquecendo até o que tinha feito no dia anterior, mas que tentaria ajudar. Voltou para trás da mesa e nos apontou as duas cadeiras disponíveis. A Ana e eu nos sentamos. O Giovanni ficou de pé atrás de nós.

— Confesso que estou curioso – o padre falou.

Olhei para trás e vi que a mulher continuava na sala. Ela usava um grampeador para fixar um pedaço de cartolina em um mural de cortiça. O padre pediu que ela nos deixasse a sós.

— Bom, padre, é o seguinte. Esse meu amigo aqui, o Giovanni, não conheceu o pai. O pai morreu um pouco antes de ele nascer. E morreu aqui na cidade. Então o Giovanni veio aqui pra tentar entender o que aconteceu na morte do pai. E a gente pensou que o senhor poderia ajudar, que talvez lembre de alguma coisa, que pode até ter conhecido o pai do Giovanni.

O padre ficou mais sério. Ele olhou de mim para o Giovanni, do Giovanni para mim, de mim para a Ana.

– A senhorita é professora na escola, não é?
– Sou.
– De que mesmo?
– De biologia.
– De biologia. Sim, ouvi falar da senhorita. E aproveitando... Fiquei muito chateado, Zago, muito chateado de saber o que aconteceu contigo na escola. Tudo muito terrível. Tudo muito, muito terrível.

O padre devia beirar os 70 anos. Era compreensível que a conversa tivesse desvios. Mas a minha impressão era de que ele nos enrolava, de que tentava ganhar tempo. Quando abri a boca para responder, para agradecer e dizer que ele não se preocupasse comigo, o Giovanni me cortou.

– Antônio Nascimento. Esse era o nome do meu pai: Antônio Nascimento. Ele morreu no dia 23 de junho de 1990.

A Ana me olhou de canto de olho. Atrás de mim, senti a respiração do Giovanni pesada. O padre abriu os dois braços, como se fosse rezar, mas logo entendi que também era seu jeito de dizer que nada sabia.

– Essa cidade é pequena, mas eu não consigo lembrar de todo mundo. Tanta gente morre e tanta gente nasce. Assim, de nome, eu não consigo lembrar, meu filho. Sinto muito. Mas se posso dar um conselho, é que não devemos nos martirizar pela perda de quem amamos. São as escolhas de Deus. É nessa certeza que precisamos encontrar conforto.

Escutei vozes do lado de fora. O padre olhou pela janela e fez um aceno, pedindo que alguém esperasse um pouco. Ele nos disse que as pessoas não tinham ideia de como os padres eram ocupados, do tanto de problemas que precisavam resolver.

– E se a gente falar pro senhor como ele morreu? – a Ana insistiu. – Será que talvez assim o senhor lembre?

A cadeira rangeu quando o padre mudou o peso do corpo de lado. Ele respirou fundo.

– Olha, eu acredito que não. De coração, me parece que o melhor que posso fazer por vocês é convidar que participem da missa, que façam parte da comunidade da igreja. O senhor mesmo, seu Zago, sabe muito bem que anda em débito comigo, não é mesmo?

O padre levou o corpo para a frente, deu dois tapinhas no meu braço e olhou de novo pela janela.

– Ele se matou – a Ana disse.

Coloquei a mão direita no braço esquerdo da Ana, como forma de pedir que ela parasse. Minha vontade era virar para trás e ver a expressão do Giovanni, entender se ele estava irritado, se ele via no gesto da Ana uma intromissão.

– Eu sinto muito – disse o padre – Talvez isso explique eu não saber de nada. Muita gente tem vergonha de procurar a igreja em mortes assim. Imagino que vocês saibam: durante muito tempo, a pessoa que tirava a própria vida não podia ser velada de corpo presente, não podia ter missa de sétimo dia. Isso mudou. Agora vai pelo bom senso do pároco. A orientação é muito clara: não julgar o morto, não determinar se ele cometeu esse ato terrível ou não, mesmo que tenha uma arma ao lado do corpo ou que seja encontrado enforcado.

O Giovanni se movimentou às minhas costas. Ele ficou mais perto de nós, praticamente encaixado entre mim e a Ana.

– Mesmo que ele apareça no fundo de um precipício? – perguntou.

O padre baixou a cabeça, juntou as mãos e ficou batendo os dedos uns nos outros. Quando ergueu novamente o rosto, parecia ter outra expressão.

– De precipício, meu filho, só sei o que está na Bíblia. O precipício é onde caem os porcos. Vocês conhecem essa passagem? Imagino que não conheçam. Está em Marcos. Jesus encontra um homem enlouquecido, que as pessoas não conseguem prender nem com correntes. Ele está tomado por um espírito. Mas quando vê Jesus, se ajoelha e pede ajuda. E então Jesus ordena que o espírito deixe aquele corpo. Mas não é um espírito só. São muitos, uma legião. Eles aceitam sair, mas pedem para tomar os corpos de uma manada que pastava perto deles. Jesus autoriza. E os porcos, atormentados pelos espíritos, correm desesperados e despencam do precipício. É Marcos, capítulo 5, procurem depois. Isso é tudo que eu sei sobre precipícios.

A Ana levantou da cadeira. Também me levantei, pronto para segurá-la. Mas não foi preciso. A voz do Giovanni, firme e baixa, chegou junto com o toque da mão em meu ombro – e também no ombro da Ana.

– Vamos embora.

Saímos sem olhar para trás. A Ana parecia possuída: murmurava xingamentos e caminhava muito rápido. Era difícil acompanhá-la. Ao descer a escadaria, encontramos pessoas que já chegavam para a missa. Passamos reto por elas. Olhei para trás e vi que o Giovanni nos seguia. Paramos na calçada e fomos na direção da praça. No primeiro banco que apareceu, a Ana se sentou. O Giovanni e eu ficamos de pé.

– Tem uma coisa que eu torço pra igreja tá certa – ela disse. – Que exista inferno. Pra isso eu torço mesmo. Tem que existir inferno.

O Giovanni parecia calmo. Um feixe de sol se infiltrava entre as árvores e o acertava em cheio, como um projetor direcionado para o protagonista no palco. O sino da igreja badalou, avisando que a missa começaria em breve. Sugeri que voltássemos, que entrássemos na igreja e ocupássemos os bancos das primeiras fileiras. E que depois fôssemos para a fila da hóstia e a pegássemos da mão do padre. Mas o Giovanni disse que tinha outra ideia.

– Vocês me levariam até o precipício?

Expliquei que havia mais de um. Podia ser na pedreira, no caminho para o campo, onde uma mineradora havia desistido de explorar basalto poucos anos antes; ou no

Parque dos Sabiás, onde um declive oferecia o verde sem fim de uma mata fechada, entrecortado pelo cinza das estradas que ligavam a cidade aos municípios vizinhos; ou na antiga Chácara Fontana, junto ao centro, com o penhasco escondido pelas araucárias que cresciam abandonadas no fundo do terreno.

– Tu tem algum detalhe? – perguntei. – Sabe mais ou menos como era o lugar?

– Sei o pouco que a mãe me falou. Que quando ela foi lá com a polícia, parecia que não chegava nunca. Que passou por um portão e tinha uns tubos gigantes, uns tubos que ela não sabia o que eram, e uns caminhões parados. Mas só sei isso. Ela não falava muito.

Pela descrição, concluí que era a Chácara Fontana, onde jaziam silos que até os anos 90 recebiam grãos de trigo. Da praça, dava uma caminhada curta, não mais do que dez minutos. Decidimos ir. Ao chegar, já encontramos o abandono na entrada. Blocos de limo tomavam os muros. A parte direita do portão, enferrujado de cima a baixo, só não despencava porque ainda estava unida à parte esquerda por uma corrente grossa e um cadeado. Olhei em volta e vi a rua vazia. Subi a corrente e o cadeado até o topo do portão. Pedi ao Giovanni que empurrasse um lado enquanto eu puxava o outro, e assim formamos uma brecha por onde a Ana entrou sem dificuldades. De dentro, ela nos ajudou a também entrar.

Passado o portão, reconheci o terreno onde eu havia ido, quando criança, acompanhar meu pai em visitas a um dos herdeiros dos Fontana – o que ficou responsável por cuidar dos negócios na cidade enquanto o pai tocava as fazendas com os outros dois irmãos. Indiquei que fôssemos pelo caminho de terra, pavimentado anos antes por rodas de caminhões, caminhonetes, tratores e carros. Andamos rente ao gramado, carregado de mato, de onde saíam o coaxar dos sapos, o cricrilar dos grilos e outros barulhos de bichos que eu não conseguia identificar.

– Aqueles são os tubos – disse o Giovanni quando avistou os dois silos, também tomados de ferrugem, ao fundo do terreno.

Seguimos em frente, passamos pelos silos e, à esquerda, vimos a casa abandonada. De longe, era possível notar os vidros quebrados e a porta de madeira arrombada. Conforme caminhávamos, maior era a quantidade de lixo que encontrávamos: garrafas de plástico, latas de cerveja, maços de cigarro, camisinhas usadas, uma seringa. A Ana disse que jamais entraria lá sozinha. O Giovanni olhava em volta e parecia alheio à nossa presença. Quando avistamos as araucárias ao fundo, com os troncos que subiam em linhas quase perfeitas, ele tomou nossa frente e acelerou o passo. Entrou antes de nós na sombra formada pelos galhos que as árvores, no topo, espalhavam em todas as direções. Também retornou antes de nós à luz que o sol esparramava pelo matagal. Quando o precipício ficou visível, caminhou ainda mais rápido, quase correndo, e temi que se jogasse de lá, que mergulhasse no mesmo vazio em que o corpo do pai havia viajado três décadas antes.

Mas, à beira da queda, ele parou. Também parei, uns cinco metros atrás. A Ana me abraçou de lado, como uma amiga. O Giovanni ficou de cócoras, passou a mão pelo chão e olhou para baixo. A Ana e eu sentamos em um pedaço de tronco tombado e esperamos que ele cumprisse seu ritual. Ficamos lá por não mais do que dez minutos. O barulho da cidade não nos alcançava. O silêncio só não era absoluto por causa do cantar dos pássaros, indiferentes a nós.

De onde estava, consegui ver que o Giovanni fez um sinal da cruz quando se colocou de pé. O gesto me surpreendeu – e surpreenderia mesmo se não tivéssemos acabado de conversar com o padre. Ele ainda sacou o celular e fez uma foto do precipício antes de caminhar na nossa direção. Quando se aproximou, também nos levantamos.

– Obrigado – ele disse.

Caminhamos na direção da saída. Perguntei se eles gostariam de espiar a casa – eles não quiseram. Pouco antes do portão, o Giovanni nos convidou para almoçar, e a Ana lembrou da cantina que ficava ao lado do pórtico de entrada da cidade. Fomos a pé para forçar a fome e aproveitar o sol. Eles conversaram o tempo todo, como velhos amigos que precisavam colocar o papo em dia. Talvez por estarmos distraídos, em momento algum vimos o carro com os haitianos circulando pela cidade.

2.

Ficamos na cantina até fechar. Eram quase três da tarde quando saímos. O Giovanni sugeriu que emendássemos em algum bar as cervejas que havíamos começado a tomar no restaurante. A Ana disse que precisava ir para casa, havia aulas a preparar e trabalhos de alunos para corrigir. Voltamos a pé, pesados de tanto comer, reclamando de a cidade não ter táxis. Deixamos primeiro a Ana em casa. Ela se despediu de mim com um beijo e me desejou boa semana. No Giovanni, deu um abraço. Ao soltá-lo, pediu que se cuidasse.

No caminho até o Bar do Gringo, o Giovanni me parabenizou pela Ana e disse que finalmente tinha entendido por que eu não saía de Nova Colombo. Um casal de idosos caminhava de braços dados na nossa frente. Eles vestiam blusões do mesmo modelo, apenas as cores diferentes. Imaginei que a mulher os tivesse tricotado – o vermelho para ele, o azul claro para ela. Como andavam devagar e ocupavam a calçada, desviamos para a rua, de onde vimos, na esquina da avenida principal, o carro da polícia estacionado, com dois policiais encostados. Eles nos observaram quando passamos.

No bar, pegamos uma mesa pequena perto da entrada. O Gringo estava no balcão, conversando com três homens, e me acenou para dizer que logo nos atenderia. Os homens se viraram na nossa direção, prestaram atenção ao Giovanni por alguns segundos e voltaram a conversar entre si. O Gringo veio até nós, colocou a mão esquerda em concha ao lado da mesa e, com um pano na mão direita, retirou cascas de amendoim. Pedi uma cerveja e dois copos. Quando ele voltou com o pedido, perguntei por que os policiais estavam estacionados lá perto.

– Acho que alguém chamou. Tinha uma turma aí provocando – o Gringo disse enquanto servia a cerveja em nossos copos.

– Que turma?

– Não sei. O que eu sei é o que o pessoal falou. Falaram que eram os haitianos.

Olhei para o Giovanni. Ele virou a cabeça na direção do Gringo.

– Os haitianos? – perguntei. – Mas aconteceu alguma coisa? Eles fizeram alguma coisa?

– Não. Não que eu saiba. Acho que só ficaram andando por aí de carro e olhando pras pessoas.

O Giovanni deu um gole longo na cerveja. Um rastro de espuma desceu pelo copo.

– Mas tu chegou a ver eles passando? – voltei a perguntar. – Viu se Benjamin tava junto? O guri da praça, sabe?

– Ver eu até vi, mas não reparei se ele tava junto. Eles são tudo meio parecido, né?

O Gringo se afastou, voltou para trás do balcão, abriu um vidro com ovos em conserva e, com um garfo, levou um dos ovos direto para a boca. O Giovanni perguntou se eu tinha ideia do que os haitianos queriam: se era só um passeio ou se buscavam provocar. Contei (em voz baixa, de forma que os homens no bar não escutassem) o que a Ana havia me dito: que eles estavam com raiva, que pareciam dispostos a reagir à agressão ao Benjamin.

Conforme bebíamos, alguns homens saíram, outros chegaram, e o salão já estava mais cheio quando a tevê começou a passar o futebol. O jogo confiscou a atenção dos demais clientes, mas não do Giovanni. Com a voz misturada à do narrador, respondi a uma série de perguntas: como foi crescer em Nova Colombo, se alguma vez teve cinema, fliperama, circo, se eu tinha visto neve, se havia festas, se havia carnaval, se eu costumava ir a Porto Alegre. Ele parecia usar minhas respostas para projetar a vida que poderia ter vivido na cidade que eu via mudando de cor às suas costas. A chegada do lusco-fusco foi acompanhada pela passagem de carros com os faróis acesos. Um deles buzinou para um homem que cruzou a rua a caminho do bar. Quando o homem chegou à entrada e foi enquadrado pelo marco da porta, reconheci o Neno. Ele também me viu. De pé, sem sair do lugar, ficou olhando para nossa mesa, balançando o tronco e a cabeça para a frente e para trás, em busca de equilíbrio. Até que sorriu com os dentes esverdeados, virou de costas e voltou a ziguezaguear para fora do bar.

O Giovanni percebeu que eu olhava sem parar na mesma direção, virou para trás e viu um vulto se afastando.

– Quem era?

– O Neno.

– O Neno do jornal?

– Sim. Acho que decidiu ir embora quando viu a gente. Tava torto de bêbado.

Falei que deveríamos encontrá-lo durante a semana para cobrar os jornais. O Giovanni concordou e perguntou se as bebedeiras do Neno nunca tinham dado problema, se ele nunca havia apanhado, sido roubado, sido preso – algum dos inconvenientes que cidades grandes causam aos bêbados, pensei. Respondi que não, que jamais havia passado de alguns episódios de constrangimento, e que talvez o pior deles tivesse acontecido comigo. Contei que ele entrou trôpego no velório dos meus pais. Fedia a álcool e tinha os olhos molhados, não sei se da bebida ou por alguma comoção. Os dois caixões estavam dispostos lado a lado, separados por não mais do que um metro. O Neno, em vez de contorná-los, como as demais pessoas faziam, se intrometeu entre eles e ficou de frente para o caixão da minha mãe. Meu tio me olhou. Em um gesto com a mão, respondi que estava tudo bem, que não deveríamos interromper. O Neno fez o sinal da cruz e então se virou na direção do meu pai, com cuidado, tentando não encostar em nada, como se estivesse ciente de que não tinha total controle dos movimentos. Ele ficou olhando para o caixão, direto para o ponto onde a tampa protegia o rosto. De repente, nos encarou. Senti que queria dizer alguma coisa. Apontando com o polegar para trás, na direção do caixão da minha mãe, ele falou:

– Essa foi pro céu.

E em seguida, indicando o caixão do meu pai, completou:

– E esse foi pro inferno.

Contei para o Giovanni que o meu tio saltou na direção do Neno, o pegou pelo braço e o retirou. O Fontana, que estava lá entre outros amigos do meu pai, me abraçou e aconselhou que eu não lhe desse ouvidos, que era um pobre de um bêbado. Eu realmente não dei atenção. De tão anestesiado pela dor, não senti raiva. Naquela semana, quando voltei a dar aulas, o Neno me procurou na saída da escola, disse que não lembrava de quase nada, mas que tinha ficado sabendo – e estava envergonhado. Pediu desculpas e falou que havia decidido parar de beber.

– Bom, não deu muito certo, pelo visto – o Giovanni disse.

– É, não deu. Aqui isso é um perigo. Não tem muito o que fazer, então o pessoal bebe.

Terminei a cerveja e sugeri que pedíssemos a conta. Já estava escuro fora do bar. O Giovanni fez questão de pagar – brincou que eu era desempregado e precisava economizar. Fomos embora, cada um para um lado. Pela primeira vez no dia, eu estava sozinho para pensar em tudo que tinha acontecido, em tudo que vinha acontecendo desde o domingo anterior. A imagem do Giovanni à beira do precipício aumentava a angústia de não ter a resposta que ele buscava. Aquele chão já era o meu chão quando encontrou o sangue do pai do Giovanni. Ele provavelmente bebeu naqueles bares, andou por aquelas ruas, dobrou aquelas esquinas, pisou as mesmas calçadas das mesmas casas por onde eu passava. E eu jamais havia escutado menção alguma a ele.

Cheguei à praça. Havia pouca gente nela. Os postes já tinham as luzes acesas. Três crianças passaram de bicicleta com tampas de margarina fazendo barulho nas rodas traseiras. Um adolescente ensaiava movimentos de skate sozinho sob um raio de luz. Uma mãe e um filho usavam as quatro mãos para segurar uma galinha que se debatia. Pouco adiante, em um ponto mais escuro da praça, onde a iluminação era bloqueada pela copa de uma árvore, quatro homens conversavam. Eu os conhecia de vista.

– Noite – eu disse ao me aproximar.

Meu cumprimento fez com que eles se virassem. O metal no revólver que um dos homens segurava brilhou na escuridão. Vi que outro também estava com uma arma à mão.

– Noite – respondeu um deles.

Segui em frente como se não tivesse visto nada. Caminhei no ritmo que vinha caminhando antes. Pensei que não poderia acelerar o passo, que se eu acelerasse, eles sentiriam meu medo e atirariam pelas costas, me matariam na praça onde o Benjamin havia sido pintado de branco

– para aprender a não defender bandido. Cheguei em casa e mandei uma mensagem para a Ana. Perguntei se ela estava sabendo que os haitianos haviam voltado. Ela já me respondeu com um vídeo. Temi pelo pior: que tivessem agredido o Benjamin de novo, que o tivessem torturado e filmado outra vez. Mas o novo vídeo era diferente. A pessoa que o gravou (logo reconheci que era na frente do Bar do Gringo) não aparecia e não falava nada. Havia 20 segundos de imagem, todos concentrados em um carro que passava devagar, com os vidros baixos. O Benjamin estava no banco traseiro. À frente dele, um homem mais velho dirigia. No fim da gravação, quando o carro fazia uma curva, era possível identificar mais duas pessoas do outro lado do carro: uma à direita do Benjamin, uma junto ao motorista.

Vi o vídeo repetidas vezes antes de responder à mensagem. Tive a impressão de que o Benjamin estava diferente daquele menino que eu tinha me acostumado a ver na praça. Pela primeira vez, me pareceu um adulto.

"Me falaram que eles ficaram umas duas horas andando de carro", escrevi para a Ana.

"Sim. Acho que foi isso mesmo. Me disseram a mesma coisa."

"Tu falou com o Benjamin?"

"Mandei mensagem. Ele não respondeu."

Fiquei na dúvida se deveria falar sobre os homens armados. Concluí que a melhor forma de a Ana ficar segura era saber o máximo possível.

"Diz pra ele parar com isso. Diz pra não vir mais aqui.

Vi uns caras armados há pouco na praça."

"Armados??"

"Sim. Não sei se tem a ver. Talvez seja coincidência, sei lá."

A Ana disse que falaria para o Benjamin tomar cuidado. Pedi para ela fazer o mesmo. Conversarmos por mais meia hora, até a Ana dizer que precisava terminar de corrigir os trabalhos dos alunos. Desejei boa noite, procurei um filme no celular e joguei a imagem para a tevê. Não senti necessidade de ligar o fogão a lenha. Não fazia tanto frio. Começava a última semana de agosto, e setembro já parecia sinalizar a chegada de um clima mais ameno, como fazia todo ano, esquentando e depois nos oferecendo outra semana de frio forte.

No dia seguinte, ainda na cama, recebi uma mensagem da Ana com um link do Facebook. Era o perfil do Rossi, o vereador que havia ajudado na agressão ao Benjamin. Em um longo texto, acompanhado da imagem de duas mãos em oração, ele dizia que a cidade estava sob ameaça, afirmava que tinha recebido informações muito graves sobre os acontecimentos do domingo e garantia que vinha sendo procurado por pessoas preocupadas com a segurança de seus familiares. Falava também que vivíamos o fundo do poço, consequência de anos e anos de políticos negligentes. Assegurava: no que dependesse dele, não seria mais assim. E finalizava convocando a população a se unir e, com a ajuda de Deus, expulsar os invasores se eles voltassem a Nova Colombo.

Terminei de ler a postagem e escrevi para a Ana dizendo que eu a buscaria na saída da escola e a levaria para casa. Ela não respondeu de imediato. No intervalo entre o segundo e o terceiro período de aula, me disse que não era preciso: que o objetivo do vereador era justamente criar uma paranoia que não existia. Resolvi ir à rua conferir como estava Nova Colombo. Da casa da vizinha, saía o cheiro do bolo feito com as cenouras que ela se orgulhava de colher no pátio dos fundos. O caminhão de gás passou tocando a música de sempre. No porão onde um homem consertava aparelhos eletrônicos, o rádio de pilha seguia sintonizado na rádio da cidade, em volume alto o suficiente para ser ouvido da calçada. Dona Rita me acenou de dentro do minimercado com a simpatia que costumava me dedicar. Nas duas mesas construídas para se jogar xadrez na praça, ainda era o carteado que prevalecia – o pife em uma, o pontinho em outra. Os gritos vindos do recreio na escola eram familiares. A padaria continuava cheirando bem. Entrei nela. Minha mesa estava vaga.

Foi de lá que vi o Neno passar. Pelo trajeto que fazia, parecia estar a caminho da Gazeta. Andava devagar, possivelmente abalado pela bebedeira do domingo. Embora eu tivesse combinado com o Giovanni de voltarmos juntos ao jornal, decidi que iria sozinho. Terminei meu café sem pressa, paguei no caixa, conversei com a atendente e voltei à rua. Em menos de cinco minutos, eu empurrava a porta da entrada e via o Neno diante do balcão.

– Veio sem teu amigo, é? – ele disse.

– Sim. E tu me viu com ele ontem e deu no pé, né? Não te preocupa, nenhum de nós morde. Não precisa fugir na próxima vez.

O começo da conversa me irritou, e eu sabia que não deveria me irritar. Fazia anos que conversar com o Neno era conversar com um coitado, e isso implicava dialogar de uma posição de superioridade. Mas daquela vez era diferente. Eu precisava do Neno. Ele tinha o que não tínhamos: lembranças dos tempos do pai do Giovanni – e lembranças que não parecia disposto a compartilhar. Ao procurá-lo, eu me via obrigado a entrar no jogo dele.

– Tu eu sei que não morde – ele respondeu – Mas aquele cara lá eu não conheço. Vou chegar conversando com quem não conheço? Eu, se fosse tu, nem dava trela também. O sujeito mal chega na cidade e já vem com intimidade?

Antes que eu retrucasse, o telefone tocou. O Neno atendeu. Ele estava impaciente – talvez pela ressaca, talvez por minha presença, talvez por cumprir o papel da secretária que, imaginei, estava de férias. Quando ele desligou, continuei.

– Ninguém sabe das coisas nessa cidade melhor do que tu. Pode ter gente por aí que não te leva a sério, mas eu levo, eu te respeito. Aquele rapaz, o Giovanni, tu sabe quem ele é.

O Neno virou a cabeça de lado e apertou os olhos, como se forçasse a memória.

– Olha, Zago, não sei, não. Nunca vi na vida. Ele é famoso, por acaso? Se for famoso, não me leve a mal, mas nem vejo tevê, acho uma bobajada aquilo lá.

    A encenação me tirou do sério. Eu tentava não demonstrar a raiva que eu tinha acumulada – raiva do vereador, das pessoas que agrediram o Benjamin, dos pais que pediram minha demissão. Era o suficiente para matar o Neno, para esticar o braço, puxá-lo pela nuca, bater a cabeça dele no balcão como se fosse uma cabeça coletiva, a cabeça de uma cidade inteira.

    – Para, Neno – eu disse, já com a voz alterada. – Não te faz. Tu sabe muito bem o que ele tá procurando. Eu vi como tu ficou na frente dele. Para de palhaçada comigo.

    O Neno me olhou com uma expressão de espanto que, ao contrário da anterior, me pareceu genuína. Eu nunca havia falado com ele daquele jeito.

    – Eu juro que não tô te entendendo, Zago. O rapaz veio aqui, pediu os jornais, e eu expliquei pra ele, tu viu, eu expliquei.

    – Tu não explicou coisa nenhuma – interrompi. – Tu escondeu. Por que, hein? O que tu tá escondendo? O que tu sabe? O que tu sabe, bêbado de merda?

    O xingamento já saiu acompanhado de um soco no balcão. O Neno deu um passo para trás. Só com alguém frágil como ele eu me permitiria perder o controle. Minha raiva sempre teve uma espécie de raciocínio matemático: sempre soube crescer não até o ponto de estourar, mas até o ponto de reconhecer que podia estourar sem me colocar em risco – ao menos risco físico. E o Neno tinha se tornado inofensivo feito uma criança. Depois de eu dar o soco no balcão, depois de chamá-lo de bêbado, ele ficou imóvel por alguns segundos, me olhando. E então virou de costas, se agachou, abriu as duas portas inferiores de um armário e tirou três pastas de lá. Em seguida, colocou-as em cima do balcão, uma ao lado da outra. Elas tinham uma etiqueta cada: "1-10" na primeira, "11-20" na segunda", "21-30" na terceira.

– Fiquei ontem de manhã fazendo as cópias – o Neno disse. – Como era muita coisa, vim no domingo mesmo. Dividi em três. Tem dez dias em cada pasta. Junho de 90, confere aí se quiser. E pode levar pro teu amigo. A gente não costuma fazer cópia, tu sabe, mas como era pra ti, abri uma exceção.

O Neno pousou em mim os olhos azuis. Retribuí. Ficamos assim, um olhando para o outro, como se brincássemos, como se o primeiro a piscar saísse derrotado. O orgulho do Neno parecia maior, e acabei desviando o olhar – como desviava sempre que o Benjamin me olhava. Meu gesto o encorajou.

– Mas tem o seguinte, Zago. Tu vai me desculpar, mas esse bêbado de merda aqui nunca enfiou o carro nas pedras.

O natural seria que eu voasse sobre o Neno, que o derrubasse, que o socasse até ele não ter mais sangue, até eu não ter mais forças, até não conseguir mais. Mas o que fiz foi encostar os cotovelos no balcão, espalmar as duas mãos e enfiar a cabeça nelas, sentindo os dedos invadindo o cabelo. O que ele me disse não era novidade. Eu sabia que meu pai tinha bebido antes do acidente. Mas era a primeira vez que alguém me falava tão claramente sobre o assunto – como se quebrasse o pacto de respeito que havia entre meu pai e a cidade.

– O passado é uma bosta, Zago – continuou o Neno. – Uma bosta. A gente bebe é pra esquecer. Não é? Então pra que ficar mexendo nele? Vai por mim, a gente só tem a perder. Serve pra ti e serve pra esse rapaz, o Giovanni. A gente só tem a perder.

O Neno virou de costas e desapareceu escadaria acima. Fiquei sozinho na recepção, cercado por jornais – os enquadrados na parede, os guardados em cópias dentro da pasta, os largados em cima do balcão. Seis anos antes, o jornal tinha noticiado a morte dos meus pais. Guardei por meses a capa e a página com as informações sobre o acidente. Havia duas fotos. Elas mostravam o carro destruído junto ao paredão de pedras na saída da cidade, a ambulância estacionada, populares em volta. Os textos não tinham menção alguma à causa da batida. Meu pai era chamado de empresário de sucesso. Minha mãe era classificada como mulher devota às causas da igreja. Eu era lembrado como o único filho. Só joguei o jornal fora no dia em que separei as roupas para doações. Peguei as duas folhas e atirei dentro do fogão a lenha, pela abertura na chapa, que fechei em seguida. Imaginei o papel queimando rapidamente, como se o fogo entendesse minha pressa de apagar a tragédia.

Do andar de cima da Gazeta da Serra, escutei o barulho de uma porta batendo. Juntei as três pastas e saí. Caminhei devagar pela rua, ponderando se já deveria levar as cópias para o Giovanni ou se poderia vê-las antes. Concluí que ele não ficaria incomodado, não estávamos em uma competição, eu inclusive lhe pouparia tempo. Cheguei em casa, levei uma pizza congelada ao micro-ondas e almocei mexendo nos papéis, tomando cuidado para não engordurá-los.

 Era bastante material. Fiquei surpreso ao ver que o jornal na época tinha 16 páginas, o dobro do que teria quase três décadas depois. As primeiras edições já me lembraram de um detalhe que eu vinha ignorando: junho de 90 era período de Copa do Mundo. Em meio a notícias sobre greves de trabalhadores, crises econômicas no governo Collor e acordos no processo de reunificação da Alemanha, o jornal mostrava como Nova Colombo se preparava para a competição, que seria disputada na Itália. Aquilo parecia mexer com a comunidade. Uma reportagem contava que uma rádio local pretendia transmitir os jogos em vêneto; outra tinha uma foto de uma professora mostrando o mapa da Itália para os alunos, explicando onde ficavam as cidades que receberiam os jogos; outra deixava claro o orgulho da família Zenga, uns agricultores claramente pobres, por ter o mesmo sobrenome do goleiro da seleção italiana.

 Folhear as cópias me levou a um tempo que eu tinha vivido, mas do qual era incapaz de lembrar. Eu ainda sentia o incômodo da discussão com o Neno, e o desconforto aumentava quando me deparava com textos assinados por ele, por sua versão sóbria, sua versão Emilio Salvatore. Imaginei que devia ter sido difícil para ele copiar, página a página, as lembranças do passado. Detive-me em reportagens, entrevistas e artigos feitos por ele. Encontrei textos elegantes, recheados de ironia, que claramente debochavam do provincianismo de Nova Colombo – fiquei particularmente encantado com uma entrevista em que o padre Faustino, depois de muita insistência do entrevistador, admitia ter esperanças de se tornar o futuro papa.

Passei horas lendo as cópias. "Governo ameaça com medida recessiva contra decisão do STF", informava uma manchete. "Prefeitura estuda cortar parque para construir estrada", dizia outra. "Três policiais são acusados de matar estudante na capital", afirmava mais uma. A Copa do Mundo ia aparecendo aos poucos, com chamadas cada vez maiores, até que passou a dominar as páginas. As reportagens descreviam os jogos que tinham acontecido na véspera, anunciavam os jogos que iriam acontecer no dia e mostravam como a cidade vivia o campeonato. Era divertido de ler. Em alguns momentos, eu esquecia que estava fazendo uma pesquisa, que queria pistas, e aí precisava voltar algumas páginas e ver tudo de novo, cada canto, cada pequena manchete.

E foi assim, no meio da busca, que encontrei meu pai. Ele aparece na edição de 22 de junho, uma sexta-feira, dois dias antes da partida entre Brasil e Argentina. A reportagem descrevia como algumas famílias da cidade se mostravam mais simpáticas à seleção italiana do que à brasileira. Um dos entrevistados dizia que torceria pela Argentina contra o Brasil, por acreditar que o caminho da Itália ficaria mais fácil. Ele carregava no colo um bebê que vestia um casaquinho de alguma cor escura e tinha os bracinhos erguidos, como se comemorasse. No meio da surpresa por ver meu pai, não entendi de imediato o óbvio – que aquela criança era eu.

Peguei o celular e fotografei a reportagem. Só então li a matéria até o fim. O texto, assinado por Salvatore, era irônico desde o começo. Dizia que nos campos da cidade, nos campeonatos de fim de semana, era possível ver a mistura entre o talento brasileiro e o vigor italiano. Afirmava que as pessoas aproveitaram a Copa do Mundo para comprar televisores maiores porque a grandiosidade de um possível jogo entre Brasil e Itália não caberia em aparelhos pequenos. Mas o melhor estava no fim. Depois de colocar uma declaração do meu pai, dizendo que torceria pela Itália, o texto concluía: "Se os Zago daqui gritarem gol, esse grito, mesmo separado por um oceano, poderá se unir ao dos Zago que ficaram na Itália e não precisaram vir ao Brasil para arranjar o que comer".

Calculei que meu pai havia entendido a ironia, porque nunca me falou da reportagem. Ainda mais admirado com o Neno (era verdade o que os mais velhos diziam: ele escrevia o que bem entendia), segui olhando as edições seguintes. Novas reportagens mostravam a tristeza pela derrota do Brasil para a Argentina e o orgulho com a classificação da Itália, mas a empolgação não parecia a mesma – e a Copa do Mundo, aos poucos, foi cedendo espaço para o noticiário normal. Fui até o último dia, 30 de junho, e me atentei a um detalhe: não havia mais textos assinados por Salvatore. O último era aquele em que eu aparecia. E também não havia qualquer menção à morte do pai do Giovanni. Nada com o nome dele, nada sobre um suicídio, sobre um corpo caído do precipício, nada em reportagens e tampouco nas páginas com obituários, anúncios de sepultamentos ou convites para missas de sétimo dia.

Fechei a última edição e devolvi o jornal à pasta. Eu tinha os olhos cansados e uma fisgada nas costas. A tarde caía. Decidi deixar para o dia seguinte a entrega do material ao Giovanni. Não havia razão para ter pressa. Mesmo que ele quisesse ver tudo de novo, vasculhar folha por folha como eu vasculhei, a conclusão não mudaria: naquele jornal, o pai do Giovanni não tinha morrido.

3.

A terça-feira amanheceu abafada. Abri a janela e enxerguei nuvens cinzentas revestindo o céu. Pássaros voavam baixo. Levantei e fui recolher as roupas que havia estendido nos varais. Senti os primeiros pingos. Eles caíram grossos e formaram círculos escuros no chão. Espalhei as roupas, ainda úmidas, nas cadeiras da cozinha. Escutei a chuva ganhando volume pelo barulho que vinha do telhado. Ela logo virou uma tempestade, mas durou pouco: arrefeceu e se firmou, como se deixasse de ser uma chuva de verão e virasse uma de inverno.

Decidi que procuraria o Giovanni quando o tempo melhorasse. Mas a manhã passou sem trégua. Almocei no sofá, vendo o noticiário do meio-dia na tevê. Segui assistindo quando começaram os programas esportivos. Eles, aliados ao barulho da chuva, me deram sono. Dormi até o meio da tarde. Acordei e vi que o tempo não havia mudado. Saí da cama e fui lavar a louça do almoço. Quando a pia estava limpa, quando o escorredor estava vazio, tive dificuldade em encontrar o que fazer. Resolvi contar para o Giovanni sobre as cópias.

"Tava passando na frente do jornal ontem e aproveitei pra falar com o Neno. E adivinha? Ele tinha feito as cópias. Tão comigo aqui", escrevi em uma mensagem.

Fiz uma foto das três pastas e enviei para o Giovanni. Ele visualizou e já respondeu:

"Vou aí pegar."

Depois de alguns segundos, completou:

"Quer dizer, tu vai ficar em casa? Posso ir?"

O entusiasmo do Giovanni me convenceu de que havia sido um erro ler as cópias antes dele. Decidi contar a verdade – e preferi telefonar. Ele atendeu ao segundo toque.

– Seguinte – falei. – Eu já dei uma olhada no material. Não sei se tu fazia questão de ver antes, mas acabei olhando.

Escutei um trovão. A chuva aumentou quase imediatamente. O Giovanni ficou em silêncio por alguns segundos. Também fiquei. Cheguei a pensar que a ligação havia caído.

– E aí? – ele perguntou. – Encontrou alguma coisa?

Respondi que não. Contei que tinha lido tudo com atenção, página por página, mas que não havia encontrado nada, que o máximo que havia encontrado era uma foto com meu pai durante a Copa de 90, que o texto era do Neno, um texto cheio de ironia.

– Tu não acabou de me dizer que só tinha dado uma olhada? – o Giovanni perguntou.

Ele estava com a voz diferente. Talvez fosse uma reação natural a duas decepções: comigo e com a ausência de notícias sobre o pai.

– Sim. Na real, eu li tudo. E não tem nada, absolutamente nada. Imagino que tu vá querer ver, mas vai ser tempo perdido.

O Giovanni confirmou que gostaria de ler os jornais. Ele falou que chovia muito, mas que daria um jeito de pegar as cópias comigo mais tarde, talvez no dia seguinte. Eu disse que ficaria em casa, que era só me avisar. E também disse que sentia muito: que adoraria ter encontrado alguma informação útil.

O tempo não melhorou. A chuva ganhou força ao longo do dia e derrubou o sinal de internet e tevê. Reinstalei o aparelho de DVD e coloquei um filme sobre a Segunda Guerra. Vi o filme até o final da tarde. Ele me fez lembrar do Stefan Zweig – eu ainda não tinha lido os outros livros que havia comprado, poderia lê-los à noite. Uma mensagem da Ana, porém, mudou meus planos:

"Eu:

A) Tô fazendo uma lasanha enorme.

B) Não gosto de dormir sozinha quando tem chuva forte.

C) Tô sem luz."

Perguntei se aquilo era um convite. Ela disse que sim. Falei que passaria na casa dela em meia hora, era só o tempo de tomar banho. Mas a Ana disse que tinha ideia melhor: quis saber eu estava com luz e sugeriu de ela ir à minha casa, em vez de eu ir à dela. Concordei. Ela chegou duas horas depois. Estava preparada para uma chuva eterna. Vestia um casaco impermeável que ia até a canela, no exato ponto onde terminavam as botas. O casaco tinha um capuz que lhe cobria a cabeça. Na mão direita, segurava a bolsa e um guarda-chuva onde caberiam duas pessoas, enquanto na esquerda levava uma sacola térmica que mantinha a lasanha aquecida. Ela entrou pela porta da cozinha, deixou a bolsa pendurada em uma cadeira, colocou a sacola térmica em cima da mesa, abandonou o guarda-chuva dentro da pia, para não molhar, e estendeu o casaco em outra cadeira. Fiquei impressionado no tanto que parecia em casa. Só então, com o rosto ainda molhado, me deu um beijo.

Pouco depois, enquanto arrumávamos a mesa, a Ana viu as pastas e perguntou o que havia nelas. Expliquei que o Neno tinha atendido ao pedido do Giovanni, mas que eu não havia encontrado nada sobre a morte no jornal. Ela abriu uma das pastas, folheou algumas páginas e devolveu o material à ponta da mesa que não ocuparíamos. Em seguida, retirou uma travessa de dentro da bolsa térmica, eliminou o plástico que envolvia o vidro e nos serviu a lasanha com uma espátula de plástico. Peguei o saca-rolhas na segunda gaveta da pia e olhei pela janela. A chuva continuava. Abri uma garrafa de vinho. Brindamos sem dizer a quê. Comi uma primeira garfada e percebi que a Ana olhava para o prato. Ela parecia distante.

– E tu chegou a alguma conclusão? – ela perguntou. – Depois de ler os jornais, falar com o padre, ir até o precipício, conhecer melhor o Giovanni, mudou alguma coisa?

Respondi que não. Falei que embora a agressão ao Benjamin indicasse que algo parecido poderia ter acontecido no passado, não deveríamos esquecer que as pessoas se matam.

– E não só as pessoas, né? – eu continuei. – Como o próprio Giovanni disse, se tem até bicho que se mata, vai lá e se joga do precipício, por que o pai dele não faria o mesmo?

A Ana franziu a testa. Formaram-se linhas horizontais acima das sobrancelhas.

– Bicho que se mata?

É. Os lêmingues. Tu deve conhecer melhor do que eu, né? Vão lá e zupt, se jogam. E aí como a gente vai estranhar que um ser humano faça igual?

O garfo que a Ana segurava na mão direita foi devolvido ao prato sem que tivesse encostado na comida. Temi que ela esfriasse. A Ana ergueu e sacudiu as palmas das mãos, como quem pede calma em um momento de confusão, e disse:

– Bichos não se matam, Zago.

Expliquei que se matavam, sim, que eu havia visto na tevê, que inclusive tinha um narrador que falava, muito claramente, "lêmingues suicidas". Falei que havia contado para o Giovanni, porque ele tinha me dito que animais não se matavam. A Ana começou a rir.

– Não, Zago. Não se matam. Nenhum bicho se mata. Isso é tudo lenda. Meu Deus do céu!

Também abandonei a comida. Peguei o celular, confirmei que a internet havia voltado e abri o YouTube. Sentei ao lado da Ana. Escrevi "lêmingues suicidas" na busca e vi surgir uma série de vídeos. Cliquei no primeiro. Ele tinha sete segundos e mostrava um amontoado de lêmingues se jogando de um precipício. Voltei e cliquei no segundo. No começo, já identifiquei as imagens que havia visto no documentário, com a diferença de que a narração estava em inglês. Voltei para o menu, e aí a Ana pegou o celular da minha mão. Ela navegou para baixo na página e me mostrou que os títulos dos vídeos começavam a mudar de tom. Um deles perguntava: "Do Lemmings Really Commit Suicide?". Outro alertava: "El Cruel Secreto del Documental de Disney White Wilderness". A Ana clicou nele.

O vídeo era narrado em espanhol e falava sobre como o documentário, feito pela Disney, ganhou um Oscar nos anos 50 ao contar a história dos lêmingues. Ele mostrava que o grande mérito do filme era flagrar o que se falava na época: que os animais cometiam suicídio. Mas também ressaltava que havia um problema: as imagens eram forjadas. O filme da Disney foi recebido com desconfiança pela comunidade científica, porque pesquisadores jamais tinham presenciado, no habitat natural dos lêmingues, que eles se matassem. Descobriu-se que a equipe de filmagem não havia conseguido captar os suicídios. E que, por isso, decidiu montar um cenário, coberto de neve, onde forçou os lêmingues a correrem na direção de um precipício, simulando a queda para a morte.

A Ana fechou o vídeo e, com cara de quem se orgulha de ter vencido uma discussão, me devolveu o celular.

– Eu preciso contar pro Giovanni – falei.

— E pode falar que os escorpiões também não picam o próprio corpo pra se matar. E que as baleias não encalham de propósito na praia. Tem um monte de lenda por aí. Tudo mentira. Infelizmente, ou felizmente, sei lá, quem se mata é a gente mesmo.

Voltei para o meu lugar na mesa. A Ana experimentou a comida e disse que ainda estava quente. Tomei um gole de vinho e pensei em como o Giovanni reagiria ao saber que ele tinha razão, que animal algum se mata, que ir para a beira de um precipício e se jogar de lá era algo que um humano como o pai dele poderia fazer, mas não os lêmingues que eu tinha visto no documentário, não os porcos que estavam na Bíblia.

— E tu? – perguntei para a Ana. – O que tu tá achando?

— Sobre o pai do Giovanni?

— Sim.

A Ana também tomou um gole de vinho e me pediu mais. Servi nós dois. Ela girou a taça na frente do rosto e fez a bebida dançar pelas laterais, deixando uma fina camada vermelha.

— Eu não estranho que ele tenha se matado. Mas eu acho estranho ele ter se matado naquele lugar.

— Por quê?

— Porque era um lugar privado, né? Eu fiquei pensando nisso quando a gente foi lá. Se tu quer te matar, tu vai te dar o trabalho de entrar escondido num terreno? Com tanto lugar por aí?

Eu não tinha pensado naquilo.

– Mas não vale o mesmo raciocínio se ele foi morto? – perguntei.

– Como assim?

– Ué, matam o cara e invadem um terreno pra largar o corpo? Não tem lógica.

– Nisso tu tá considerando que quem matou não foi justamente o dono do terreno, né?

Falei para a Ana que era impensável. O Fontana era um sujeito magro e dócil feito os vira-latas que andavam de cabeça baixa pelo centro, à espera de comida ou atenção. Não fosse uma cicatriz em formato de meia-lua embaixo do olho direito, seria o rosto mais amistoso que já conheci – lábios finos, olheiras profundas, cabelos curtos penteados para o lado (era provável que tivesse o mesmo corte de cabelo desde criança). A última vez em que eu havia conversado com ele tinha sido no enterro dos meus pais. Ele ainda morava na chácara, mas os silos já estavam inutilizados, já não recebiam grãos. Na cidade, diziam que ele tinha brigado com o resto da família. Pouco depois, foi embora, eu nunca soube para onde.

– E tem o seguinte – eu disse. – O cara que se presta a tirar a própria vida não tem essa lógica toda. Ele tá desesperado. Não tem como a gente se espantar com o lugar que ele escolheu pra se matar. O espanto é a própria morte. O lugar pouco importa.

A Ana perguntou se eu já tinha pensado em matar alguém. Eu disse que sim.

– Eu também – ela falou. – Todo mundo deve ter pensado. E sabe o que eu acho? Que todo mundo também já pensou em como seria se matar.

— Isso não faz sentido.

— Claro que faz. O suicídio é meio que um assassinato. Só que tu assassina a ti mesmo. E aí o assassino e o assassinado são a mesma pessoa. O genial é que embaralha toda nossa lógica cristã de culpa e pecado. Meio que manda pro quinto dos infernos o papo do não matarás, né?

Eu senti que a Ana embelezava a morte como o Giovanni tinha feito na noite em que saímos para beber. Não era um raciocínio bom de ouvir.

— Se tu não parar de besteira, vou chamar o padre pra vir debater contigo — brinquei.

A Ana riu. Eu apostava que ela seria incapaz de matar alguém.

— Quem tu mataria? — perguntei.

— O padre — ela respondeu. — Traz ele aqui pra tu ver.

— Tô falando sério. Quem tu mataria?

Ela disse que mataria as pessoas que maltrataram o Benjamin. Disse que mataria todos que estavam na praça: o vereador, os policiais, os homens que buscaram a tinta, os homens que vibraram quando o Benjamin foi pintado de branco. Aproveitei para perguntar sobre ele. A Ana contou que enviou o texto do vereador com as ameaças.

— Não sei se fiz bem, mas achei melhor prevenir. Só que ele não respondeu. Faz dias que não responde. Tô pensando em ir lá pessoalmente falar com ele. Que tu acha?

Falei que podia ser uma boa ideia e que estava disposto

a acompanhá-la, se ela preferisse. Ela agradeceu, mas não disse se queria minha presença. Depois de comer, fomos para a sala e terminamos o vinho lá. A Ana falou que estava com frio, se aninhou em mim, pegou o controle remoto e começou a zapear. A cada canal, fazia um comentário.

– Tragédia. Tragédia. Besteira. Música merda. Tragédia. Besteira. Homens correndo atrás de uma bola. Mais homens correndo atrás de uma bola. Filme merda. Música merda. Tragédia. Bichos que não se suicidam. Mais bichos que não se suicidam.

Conversamos por horas. No começo da madrugada, a Ana abriu a janela da sala e viu que o tempo tinha firmado. A chuva forte já não era motivo de medo – ela poderia dormir sozinha. Mesmo assim, preferiu ficar. Foi à cozinha, abriu a bolsa, pegou escova e pasta de dente e entrou no banheiro. Depois, caminhou até o quarto, seguida por mim, tirou toda a roupa e deitou sob as cobertas. Fiz o mesmo. Mais tarde, quando decidimos dormir, cansados e felizes, os galos mais ansiosos já cantavam. A Ana pediu que eu a acordasse dali a duas horas, porque queria passar em casa para tomar banho e trocar de roupa antes da aula.

A impressão foi de que o despertador tocou cinco minutos depois. A Ana resmungou e se levantou. Ensaiei fazer o mesmo, mas ela disse que não precisava. Colocou as roupas, me deu um beijo e avisou que deixaria a porta aberta. Antes de pegar no sono novamente, escutei o barulho do jornal sendo arremessado no meu pátio – e, em seguida, a voz da Ana dando bom dia para alguém que imaginei ser o jornaleiro.

Dormi direto até quase dez da manhã. Levantei, tomei banho e fiz café. Busquei o celular na sala para ver as notícias e percebi que ele estava descarregado. Botei para carregar. Lembrei do jornal e fui ao pátio buscá-lo. O dia estava nublado, mas era possível encontrar pedaços de azul em alguns pontos do céu. O frio era ameno. Certamente fazia mais de 15 graus. O piso de cimento seguia úmido. As plantas tinham água acumulada sobre as folhas. Vi dois jornais em cima do gramado, separados por não mais do que dois metros. Estranhei. Meu pé afundou por causa da terra encharcada. Peguei os dois jornais e os sacudi para tirar a água dos sacos plásticos que os envolviam. Confirmei que eram iguais, duas edições de quarta-feira.

Voltei para dentro de casa. Quando retirei o saco de um deles, dois papéis caíram. Achei que eram encartes com anúncios. Um ficou aos meus pés. Era um papel velho, com um texto que parecia escrito à máquina. O outro, uma folha de caderno, pousou sobre a mesa da cozinha, com o verso em branco virado para mim. Notei que do outro lado havia algo escrito com caneta. Peguei para ler. A primeira palavra que aparecia era o meu nome.

"*Zago, o que te envio é minha última reportagem. Ela é também a reportagem que nunca pude publicar. Considerei enviar para o teu amigo, mas achei que tu deverias ler antes. Deixo para ti, tanto tempo depois, a decisão final sobre o texto que tanto me atormentou: ser o único leitor ou passar adiante para que todos saibam.*

A mim, já não importa. Saiba que sinto muito e que só queria teu bem. Salvatore."

Abandonei o bilhete, me agachei e peguei a folha datilografada no chão. Senti as pernas falharem e tive que apoiar a mão no piso. Sentei à mesa e coloquei a página sobre ela. O papel estava amarelado e tinha duas marcas de dobras, uma vertical e outra horizontal, que pareciam ter se aprofundado ao longo dos anos graças a movimentos repetitivos – um documento lido de tempos em tempos. Passei os olhos pelo texto: "GAZETA FLAGRA ASSASSINATO EM BRIGA DE BAR", gritava o título, todo em maiúsculas. "AGRESSORES LEVAM CORPO", aparecia escrito logo abaixo. Segurei a folha com as duas mãos e puxei para perto do rosto. Vaguei por frases soltas – "foi assassinado", "a briga começou", "o trio levou o corpo". Pulei para o começo, mas não consegui ler de imediato. Minhas mãos tremiam em descontrole, a folha chegava a fazer barulho. Tive que colocar novamente a página sobre a mesa. Inclinei a cabeça para a frente. Vi que a reportagem já citava o pai do Giovanni no início: "Antônio Nascimento, 42 anos, foi assassinado no começo da noite de sábado, no bairro São Jerônimo, depois de se envolver em uma briga com outros três homens. O crime aconteceu no Bar do Maninho, na rua Quinze de Novembro, nas proximidades da ferrovia. A vítima, moradora da Vila Independência, morreu no local".

Em três frases, simples e diretas, o Neno desmontava minhas dúvidas. Fechei os olhos e vi pequenos pontos brancos se movimentando frenéticos na escuridão. Continuei lendo. "A reportagem da Gazeta da Serra, presente no local, testemunhou a confusão. A briga começou enquanto o grupo assistia à partida entre Colômbia e Camarões, pela Copa do Mundo. Nascimento estava torcendo pela seleção africana, o que gerou incômodo nos demais clientes. Um dos presentes passou a gritar *stupidi negri* a cada erro dos jogadores camaroneses, como provocação a Nascimento, que inicialmente não reagiu. O autor dos insultos era o engenheiro Getúlio Zago."

Eu quase passei reto pelo nome. Quando o reconheci, quando assimilei de quem o texto tratava, pulei para trás. A cadeira tombou. Fiquei paralisado, olhando para o papel. Meu primeiro pensamento foi picotá-lo, jogá-lo fora – o Giovanni acabaria desistindo, chegaria o momento de ir embora, não haveria razão para insistir tanto, homens se matam, o pai dele não seria o primeiro. Senti medo, senti raiva. Recolhi a cadeira, sentei e voltei a ler. "Os ânimos ficaram mais exaltados quando a partida foi à prorrogação. No primeiro gol de Camarões, Nascimento se levantou e comemorou olhando para a mesa onde estavam Zago e outros dois amigos. Os homens mandaram que ele sentasse. A situação saiu do controle logo depois, quando o atacante camaronês Roger Milla tomou a bola do goleiro Higuita e fez o segundo gol. Neste momento, Nascimento foi até os outros clientes e, repetidas vezes, cuspiu no chão."

O lance me veio à cabeça em flashes e me desviou da reportagem. Mas a distração durou pouco. Havia uma força maior que me puxava para dentro do texto. Segui lendo. "Os homens reagiram com violência. Um deles, o empresário Augusto Fontana, arremessou um copo na direção de Nascimento, mas não o acertou. O dono do estabelecimento tentou, sem sucesso, apartar o grupo. Nascimento foi acuado pelo trio e, em uma tentativa de se defender, pegou uma garrafa que estava sobre o balcão. Ele atingiu o rosto de Fontana, provocando um corte abaixo do olho, mas logo foi imobilizado pelo terceiro homem, o comerciante Erico Gentile. Fontana e Zago partiram então para cima da vítima com socos e pontapés, quase todos no rosto e na cabeça. Agrediram Nascimento até ele não se mover mais."

Afastei o papel. Olhei para baixo, para meu corpo, minhas roupas, e me senti terrivelmente sujo. Tive também a sensação de que escutava um barulho agudo, feito um giz arranhando o quadro-negro. Senti a vertigem da queda em meio à certeza de que não saía do lugar, de que estava preso. Pensei que eu mesmo poderia estar morrendo: que a convulsão dos sentidos era a chegada da morte.

Aos poucos, consegui me recuperar. Domei a respiração e me levantei. Queria sair de casa, pegar ar. Mas, de repente, veio tudo de novo. Senti uma ânsia que nunca havia sentido, como se fluidos de todos os meus órgãos subissem ao mesmo tempo. Regurgitei várias vezes, não sei quantas, e nada saiu. Minha garganta ficou arranhada e meus olhos se encheram de lágrimas. O que aconteceu depois não foi exatamente um choro: foi um grunhido animalesco, a reação dos músculos que se contraíam e das veias que se expandiam sem que eu tivesse controle algum. Perdi novamente o automatismo da respiração. Cambaleei, engasguei, tossi. Senti que poderia me afogar. E então, mais uma vez, lutei para retomar a calma. Voltei a me sentar, com a folha datilografada pelo Neno diante de mim. Imaginei como teria sido três décadas antes: se meu pai teria sentado ali, àquela mesa que estava nas minhas primeiras lembranças de infância, e pensado que matou um homem; se teria se arrependido, se teria brincado comigo, se teria explicado à minha mãe as eventuais marcas pelo corpo – marcas da briga, talvez de sangue. Recordei do Neno no enterro: "E esse foi pro inferno".

Tomei coragem para terminar de ler o texto. Ele tinha mais dois parágrafos. "Os três homens, em seguida, ordenaram que o dono do bar fechasse a porta. Neste momento, o autor desta reportagem foi ameaçado de represálias se publicasse o que tinha acabado de presenciar e acabou expulso do local. Da rua, porém, flagrou o momento em que o trio levou o corpo para dentro de uma Parati e deixou a cena do crime."

"Não houve outras testemunhas. Ainda no sábado, a polícia foi comunicada do ocorrido e iniciou as buscas pela vítima, que foi encontrada no dia seguinte dentro da Chácara Fontana, no fundo de uma ribanceira. O terreno pertence a Augusto Fontana. A esposa de Nascimento, grávida de cinco meses, reconheceu o corpo. À reportagem, ela disse ter sido informada por policiais de que o marido havia cometido suicídio. Até o fechamento desta edição, os três agressores seguiam soltos."

    Acabei o texto e li de novo. E depois de novo, e outra vez, e outra mais, como se me punisse. Conforme lia, memorizando trechos inteiros, eu tirava conclusões. Entendi que a reportagem, se não tivesse sido vetada, sairia no jornal de segunda-feira – imaginei que não houvesse edição dominical. Presumi que foi o próprio Neno (ou talvez o dono do bar, mas eu apostava no Neno) quem avisou a polícia, já que o texto dizia que não havia outras testemunhas. Consegui visualizar a conversa com a mãe do Giovanni, a mulher desamparada dizendo ao repórter que o marido havia se matado – e o repórter sem coragem de contar a verdade. Mas cada leitura também reforçava um amontoado de dúvidas, e foi por causa delas que decidi procurar o Neno.

    A caminho do jornal, não vi nada. Andei feito um sonâmbulo enquanto tentava listar tudo que pretendia perguntar: quem o proibiu de publicar a reportagem, quem mais ficou sabendo do crime, onde foi parar o dono do bar, por que ele nunca me contou. Entrei na rua da Gazeta e, de tão atordoado, não estranhei que houvesse um grupo reunido em frente ao prédio. Passei pelas pessoas sem identificá-las. Tive a sensação de que alguém tentou me segurar. Segui em frente, empurrei a porta e percebi que lá dentro havia mais gente. Abri caminho. Eu já tinha decidido: se o Neno não estivesse na recepção, eu subiria as escadas, eu o procuraria onde fosse – ele precisava me dizer tudo, eu precisava saber cada detalhe para depois contar ao Giovanni que o pai dele havia sido morto, que eu sabia quem eram os assassinos, que um dos assassinos era meu pai.

Mas não precisei procurar o Neno. Ele estava na recepção. Cheguei perto, olhei com atenção e vi os risquinhos vermelhos no fundo branco dos olhos azuis. Tive vontade de abraçá-lo – um pouco por compaixão, um pouco por culpa, mas especialmente pela aflição de perceber que o corpo ainda balançava, devagar, para a direita e para a esquerda, pendurado pelo pescoço na corda amarrada com cuidado no corrimão da escada.

4.

A morte do Neno não me horrorizou como provavelmente teria horrorizado em um dia comum, um dia no qual eu não tivesse descoberto que meu pai matou um homem. O que senti foi pena. Ao acompanhar o esforço de dois homens para segurar o corpo do Neno enquanto outro, no topo da escada, afrouxava a corda, senti profunda pena. E não exatamente pela forma como ele morreu: pena, isso sim, pelo jeito como viveu.

Ainda dentro da sede da Gazeta, escutei o barulho das sirenes ao longe. Virei de costas e saí pela porta. Na rua, vi a ambulância dobrando a esquina, piscando à luz do dia, guiada por um motorista apressado – julguei que fosse o protocolo, que eles precisassem agir daquele jeito mesmo cientes de que não havia mais vida para salvar. Tomei o rumo de casa. Enquanto caminhava, pensei que precisava contar para a Ana e para o Giovanni que o Neno estava morto. Mas contar sobre a morte do Neno implicava em contar todo o resto, em ver tudo desmoronar de vez. Ou eu poderia omitir, dizer que simplesmente se matou, era um pobre diabo e cansou da vida. Quem perderia com isso? Talvez nem o Giovanni (por que um pai assassinado seria melhor do que um pai suicida?). E o velho Zago poderia descansar em paz, eu manteria intacto o sobrenome da família, uma gente do bem, olha o filho, ele até defendeu o haitiano.

No meio do caminho, desisti de ir para casa. Resolvi passar na Quinze de Novembro. A rua ficava em um bairro vizinho ao centro, a exemplo de basicamente todos os bairros da cidade. Fazia tempo que eu não andava por lá. Minha lembrança mais recente era de uma área em transformação, com casas de dois andares erguidas no lugar de comércios que entraram em decadência quando a ferrovia, ao fim da rua, caiu em desuso. Os trilhos seguiam lá, cobertos de mato, mas fazia uns 20 anos que não passava trem algum. Na última quadra da rua, restavam carcaças de armazéns, de pequenos depósitos. Nas paredes, ainda era possível identificar a pintura com os nomes dos lugares. Era o caso do Bar do Maninho.

Cheguei em menos de dez minutos. O reboco externo tinha caído em blocos grandes, deixando tijolos à mostra. A sujeira tomava conta da fachada, mas era menor no espaço perfeito de um retângulo – concluí que ali ficava o letreiro com algum anúncio de cerveja ou refrigerante. O nome do bar estava pintado com tinta vermelha, enfraquecida pelo tempo, sobre o muro branco. No espaço onde antes ficava a porta, havia um buraco que permitia ver o entulho no interior. Tive vontade de entrar lá, remexer nos pedaços de concreto e madeira, como se fizesse alguma diferença, como se houvesse algo a ser encontrado.

Atravessei a rua, sentei no meio-fio e encostei em uma árvore. As nuvens haviam se afastado. O sol brilhava forte. De frente para o bar, lembrei do texto do Neno e tentei imaginar como tudo tinha acontecido. Eu havia visto imagens do jogo em programas esportivos. Talvez fosse o momento mais famoso da Copa da Itália. O goleiro da Colômbia tentava sair com a bola, jogando com os pés, e era desarmado pelo jogador de Camarões, que avançava livre (e parecia sorrir enquanto corria) para fazer o gol. Em seguida, ele ia até o canto do campo, junto à bandeirinha de escanteio, de frente para a torcida, e lá festejava o gol rebolando, dançando feito o mais feliz dos homens.

Fiquei lá por mais alguns minutos. De onde estava, conseguia enxergar parte da ferrovia. Lembrei de meu pai me levar lá, quando criança, para ver os trens passando, vagão atrás de vagão, e me dizer que a locomotiva era a líder das centopeias – uma centopeia que, de tanto crescer, tinha aprendido a apitar e soltar fumaça. Levantei e caminhei até os trilhos. Eles estavam enferrujados. Parte da brita que formava a estrada havia sido retirada. Um bloco de concreto suspenso, que no passado servia como plataforma, tinha rachaduras e estava tomado de limo. O cenário lembrava o que encontramos ao entrar na Chácara Fontana. Pensei que a ferrovia tinha se tornado um bom lugar para abandonar um corpo, mas que certamente não era assim no passado. No passado, o melhor era levar o corpo a um precipício, jogá-lo de lá e inventar que foi suicídio.

Decidi ir embora. O movimento no centro indicava que era o horário do almoço. Enxerguei homens reunidos, conversando em círculos, com expressão séria. Deduzi que a notícia da morte do Neno tivesse se espalhado pela cidade. Passei em frente à loja do Gentile, do outro lado da rua, e o reconheci à porta, falando com dois funcionários. Segui em frente, procurei ruas mais vazias, desviei da praça, passei pelos fundos da escola. Cheguei em casa sem precisar falar com ninguém. Vi a pasta com as cópias dos jornais, peguei outra vez a folha datilografada pelo Neno, olhei para o fogão a lenha, os pedaços de madeira ao lado, eu conseguiria acender o fogo em dois minutos, o papel queimaria onde também queimou o jornal com a notícia da morte dos meus pais, o Neno e o velho Zago cremados juntos no fogão, reunidos pelo mesmo crime.

Larguei o texto em cima da mesa e fui para a sala. Meu celular estava preso à tomada pelo carregador. Assim que liguei, soou o barulho das mensagens chegando. Eram da Ana. A primeira tinha sido enviada logo que ela saiu da minha casa, às seis da manhã.

"Dei de cara com o Neno quando saí. Puta vergonha. É ele mesmo que entrega o jornal? Coitado, deu pena."

Logo abaixo, apareciam outras duas mensagens, uma das 11h10, outra das 11h58.

"Tu tá sabendo o que aconteceu com o Neno? Meu Deus, eu tô tremendo."

"Zago, tu tá aí? O Neno se matou, tu tá sabendo? Me responde."

Desliguei o telefone e fiquei parado, sem saber o que fazer. Eu não sentia fome. Almoçar me parecia obsceno. Pensei em simplesmente levantar, pegar as pastas, pegar o texto do Neno e entregar tudo ao Giovanni. Pensei em só levar as pastas. Pensei em ir à polícia. Acabei movido pela curiosidade. Liguei o computador para ver como a cidade reagia à morte do Neno. No site da Gazeta, não havia nada. Acessei a página do jornal no Facebook, e lá encontrei um comunicado. O texto, entre elogios ao passado do Neno como jornalista, lamentava a perda, mas não citava a causa da morte, nem onde ela havia ocorrido. A postagem dizia que o velório estava previsto para começar no fim da tarde e que o enterro seria na manhã seguinte, no cemitério municipal.

Ao ler aquilo, pensei pela primeira vez que o pai do Giovanni poderia estar sepultado lá. Era onde meus pais também estavam. Resolvi conferir. O cemitério ficava afastado do centro, no lado oposto ao da ferrovia, e exigia uns 20 minutos de caminhada. Para chegar lá, precisei cruzar a Vila Independência, onde haviam morado os pais do Giovanni, pelo que dizia a reportagem que o Neno jamais conseguiu publicar. Era um bairro simples, com algumas casas de madeira, outras de alvenaria, sem traços do padrão colonial que sobrevivia entre construções mais novas no resto da cidade. Os moradores eram operários, agricultores, casais jovens. O cemitério era o último terreno antes da estrada que desembocava na rodovia de acesso às cidades vizinhas.

Cheguei e fui à guarita do zelador. Ele não estava. Olhei em volta e não o localizei. Fui ao jazigo da minha família, um dos primeiros no caminho central, logo depois das duas colunas que formavam o pórtico de entrada. Os Zago descansavam protegidos por uma porta de ferro e paredes cor de creme, onde estavam inscritos os nomes dos falecidos – meus pais, meus avós, alguns tios-avôs que conheci na infância e outros que morreram antes de eu nascer. No interior, formado por azulejos brancos, havia seis gavetas: uma para meu pai, uma para minha mãe, três com urnas variadas, recheadas pelos restos dos mais antigos, e uma vazia, que provavelmente caberia a mim. O chão estava tomado de pó e insetos mortos. Peguei a vassoura que eu deixava no interior do jazigo e varri a sujeira para fora. Retirei as plantas envelhecidas de um vaso e levei para o lixo. Quando voltei, encarei a imagem do meu pai, ao lado da minha mãe, cravada na pedra. Ele tinha uns 50 anos na foto. Já tinha matado um homem.

Voltei à guarita. Daquela vez, o zelador estava lá. Era um homem alto, de barba e cabelos pretos feito piche. Perguntei se havia um túmulo com o nome de Antônio Nascimento. Ele fechou os olhos para pensar melhor e, sem precisar consultar papel algum, me indicou o sexto corredor à direita. Agradeci. Andei pelo corredor lendo placa por placa, algumas com sobrenomes famosos da região, até que encontrei um túmulo branco, decorado com uma cruz também branca, quebrada nas pontas, e enfeitado por um ramo de crisântemos. Não havia foto na sepultura. Apareciam apenas o nome e as datas de nascimento e morte: Antônio Nascimento, 01/02/1948, 23/06/1990. Toquei nas flores. Elas estavam frescas e tinham uma fita com o nome de uma floricultura do centro. Olhei em volta, desconfiado de que o Giovanni ainda estivesse por lá, talvez me espionando. Não vi ninguém.

Deixei o túmulo para trás, peguei o caminho da saída, agradeci ao zelador e saí do cemitério. Enquanto andava de volta para casa, me senti fraco. Eu não havia comido nada o dia inteiro. Abri a geladeira, peguei um pedaço da lasanha que havia sobrado da noite anterior e levei ao micro-ondas. Comi sem pensar no gosto. Lembrei que precisava responder as mensagens da Ana. Quando decidi buscar o celular, escutei batidas na porta.

– Tu quer me matar do coração? – a Ana perguntou quando abri.

Pedi que ela entrasse.

– Tu viu minhas mensagens. Custava responder? Fiquei preocupada – ela falou já dentro da cozinha.

Pela minha cara, a Ana pareceu identificar que eu não estava bem. Ela mudou o tom de voz e perguntou o que tinha acontecido. Olhei para cima da mesa; ela olhou também. Peguei o texto do Neno, busquei também o bilhete que ele tinha escrito e entreguei para ela.

– O que é isso?

– Lê o bilhete e depois lê o texto. Tu vai entender.

A Ana sentou à mesa, como se pressentisse a gravidade do que descobriria. Ela leu o bilhete, me encarou, sem falar nada, e leu mais uma vez. Em seguida, passou para o texto. Fiquei olhando para ela o tempo todo. Vi como os olhos se moviam. Eles pareciam crescer de tamanho conforme crescia o assombro da leitura. Em dado momento, talvez ao reconhecer o nome do meu pai, ela começou a chorar. Foi o choro mais doído que já vi, porque não foi acompanhado de som algum: eram só as lágrimas caindo em sucessão, tão tristes que tive vontade de consolá-la por meu pai ser um assassino. Quando terminou de ler, ela largou a folha em cima da mesa e usou as mãos para secar o rosto. Parecia alterada. Tive a impressão de ver raiva no jeito que me olhou. Talvez fosse a reação mais instintiva: por alguns segundos, me odiar, até algum estímulo cerebral lembrá-la que eu não tinha culpa, que o melhor que ela poderia fazer era se levantar, me abraçar e perguntar se eu estava bem, como fez.

– Bem não é exatamente a palavra – respondi. – Isso nunca mais vai acabar. Hoje é só o primeiro dia.

Fui consolado. A Ana disse que estaria ao meu lado, que mesmo que eu tivesse razão, que a dor durasse a vida inteira, uma hora aliviaria, tudo ficaria bem. E então voltou a se sentar, pegou novamente o texto do Neno e começou a fazer perguntas: se eu nunca tinha desconfiado, se nunca havia recebido um sinal, alguma espécie de indireta, algum princípio de confissão. Ou se alguém mais da família saberia. Ou se minha mãe saberia. A cada pergunta, eu ia me sentindo mais sufocado, como se tivesse desaprendido a respirar. Quando estava prestes a pedir que a Ana parasse, que por favor se calasse, que uma vez na vida ficasse quieta, ela falou:

– Tu já contou pro Giovanni?

Olhei para a Ana, mas fixei a vista além dela, deixando-a desfocada em primeiro plano. Reparei que duas formigas caminhavam uma na direção da outra no rejunte entre dois azulejos na parede. Elas pararam quando se encontraram, como se trocassem um cumprimento, e então seguiram seu trajeto, se afastando uma da outra.

– Não.

– E quando tu vai falar?

Naquele momento, compreendi que ter contado para a Ana significava contar para o Giovanni. Eu havia escolhido um caminho. O Giovanni saberia.

– Tu não tá pensando em não falar, né? – ela insistiu.

A Ana se levantou e caminhou devagar na minha direção. Parecia um animal adotando uma posição dominadora.

– Zago, não faz isso. Isso é muito grave. Tu não pode fazer isso – ela disse.

– Tu não precisa me dizer que é grave – respondi. – Pode acreditar, eu sei muito bem.

Tive a impressão de que a Ana se controlava para não me xingar.

– Zago, se tu não falar...

– O quê? – interrompi. – Se eu não falar, tu faz o quê? Qual a ameaça? Vai na polícia? Vai embora e não me procura mais?

– Não. Se tu não falar, eu falo.

Passei pela Ana e caminhei até a sala. Ela me acompanhou. Fui à janela. Na casa da frente, uma criança saiu de motoca pelo portão da garagem, deu meia-volta na rua e retornou para o pátio, repreendida pela mãe. Uma carroça passou. Um homem batia de leve com o relho no lombo do animal, que parecia reagir mais aos assobios do que ao chicote. Eu me controlava para não dizer à Ana que ela não tinha nada a ver com aquilo, que aquela história dizia respeito ao Giovanni e a mim.

– Não te preocupa, eu vou falar – avisei.

– Então fala agora. Não adia. Imagina a angústia dele. Pra ter vindo até aqui investigar como o pai morreu, imagina o tamanho da angústia. Acaba logo com isso. Vai ser melhor pra ti também.

Eu havia deixado o celular desligado ao lado da tevê. Fiquei na dúvida sobre telefonar para o Giovanni ou mandar mensagem. Pensei que um telefonema acalmaria a Ana. Liguei o aparelho, abri a lista de chamadas recentes, achei o nome e cliquei. O Giovanni atendeu ao terceiro toque.

– Imaginei que tu fosse me procurar – ele disse.

– É?

– Sim. Por causa do Neno. Fiquei sabendo.

Contei que tinha ido ao jornal, que tinha visto o Neno. Ele disse que lamentava e não me fez perguntas, não quis saber o que eu tinha ido fazer lá. Falei que precisávamos conversar.

– Claro. Tenho que pegar os jornais contigo. Depois

do que tu me falou, acabei desencanando. Se tu disse que não tem nada, é porque não tem nada. Paciência.

— Mas tem mais coisa. O Neno acabou deixando mais coisa. Eu preciso que tu venha aqui.

O Giovanni pegou meu endereço e disse que logo estaria na minha casa. A Ana falou que eu tinha tomado a melhor decisão. Tentei calcular como o Giovanni reagiria: se entraria em desespero, se tentaria me agredir, se me chamaria de filho de racista, de filho de assassino, se me abraçaria em solidariedade.

Fui até a cozinha e coloquei o bilhete e o texto do Neno um sobre o outro, para que aguardassem juntos a chegada do Giovanni. A Ana me abraçou por trás e disse, talvez para me animar.

— Sabe o que eu vi hoje de manhã no colégio?

— O quê?

— As crianças ensaiando a peça.

Virei de frente para ela.

— Sobre o Benjamin?

— Sim. Tão lá ensaiando. Tá meio estranho ver um alemãozinho interpretando o Benjamin, mas a gente não pode ter tudo, né?

Depois de alguns minutos, escutei palmas. Fui até a janela da sala e vi o Giovanni parado em frente ao portão. Pedi que entrasse e apontei como deveria contornar a casa para chegar à porta da cozinha. Já o aguardei com ela aberta, a Ana junto. Recebemos um abraço cada, o da Ana mais animado — ele disse que não esperava encontrá-la.

Entramos. O Giovanni elogiou a casa. Agradeci e ofereci um café; ele disse que não precisava. Sugeri que sentasse. Ele puxou a cadeira e ficou na ponta da mesa, o lugar do meu pai. Sentei de frente para a Ana. Formamos um triângulo, com os papéis diante de nós. O Giovanni perguntou se era aquilo que eu queria mostrar. Eu disse que sim.

– Começa pelo bilhete – falei.

Ele iniciou a leitura, me olhou, olhou para a Ana e voltou a ler. Em seu rosto, havia serenidade, como se estivesse diante de uma receita de bolo, de uma lista de compras para o mercado.

– Quando foi isso? – o Giovanni perguntou.

– Hoje de manhã. Ele entregou junto com o jornal. E com esse outro papel.

A Ana esticou o braço ao longo da mesa e segurou minha mão. Ela tinha a palma suada. O Giovanni manteve a calma com que havia lido o bilhete. Era quase assustador. Em alguns momentos, talvez sem perceber, ele fazia pequenos movimentos de cabeça, como quem diz que sim, que está entendendo. Eu conseguia perceber como sua respiração era regular. Se medisse os batimentos cardíacos, imaginei que seriam os de um homem em repouso, não os de quem descobre que o pai foi assassinado.

– Vou ler mais uma vez – ele disse quando terminou.

O Giovanni voltou ao texto. A Ana me olhava de tempos em tempos, parecia tão surpresa quanto eu. Escutávamos os barulhos de sempre vindos da rua, carros passando, cães latindo, crianças brincando. Até que ele terminou de ler, levantou a folha e começou a dobrá-la, respeitando as marcas, as duas linhas, uma horizontal e outra vertical, que quase rasgavam o papel. Em seguida, depositou o texto em cima da mesa e o ajeitou ao lado do bilhete. E então me olhou, com um sorriso no rosto, um sorriso leve, que me fez pensar que o Giovanni estava enlouquecendo, que estávamos presenciando o raro momento em que é possível identificar quando um homem cruza a fronteira da sanidade para a loucura.

– Desculpa – eu disse. – Eu não queria que fosse assim.

O Giovanni fechou os olhos, entrelaçou os dedos, como se fosse rezar, e os encostou ao rosto. Concluí que tentava ganhar tempo.

– É ridículo – continuei. – Hoje o que eu pretendia era te mostrar as cópias dos jornais, elas tão ali, e aproveitar pra te falar que eu tinha visto errado, que na verdade os lêmingues não se matam. Mas agora que se foda, né? Que se foda se os lêmingues se matam ou não.

A Ana apertava minha mão cada vez mais forte, talvez para me alertar que não fazia sentido falar dos lêmingues naquele momento. O Giovanni reclinou o tronco e começou a mexer no bolso direito da calça. De lá, tirou o celular.

– Deixa eu mostrar uma coisa – falou.

Ele puxou a cadeira para a frente e segurou o celular de forma que a Ana e eu também conseguíssemos ver. Abriu o Google e digitou "Stefan Zweig suicídio".

– Tu já me mostrou – eu disse.

– Espera.

Apareceu na tela uma sequência de fotos. O Giovanni clicou na mesma que havia me mostrado quando saímos para beber. Ele virou o celular na minha direção, depois na direção da Ana, e perguntou se tínhamos visto com atenção. Dissemos que sim. Em seguida, voltou à página de busca e clicou em outra foto. Nela, o ângulo era diferente, a câmera pegava Lotte mais de frente. Observei as mãos dos mortos. Elas não estavam juntas. Ao contrário da primeira imagem, Zweig e Lotte tinham as mãos próximas, mas não juntas, não dadas. A posição dos corpos não era idêntica.

– As mãos – balbuciei.

– Então agora se liguem nisso – disse o Giovanni.

Ele, mais uma vez, voltou à tela com as fotos e clicou em outra imagem. O que apareceu foi muito diferente do que havíamos visto antes. Lotte não tinha o rosto delicadamente encostado ao ombro de Zweig: estava jogada por cima dele. Seu braço esquerdo, enfeitado no punho por um objeto que não aparecia nas outras fotos (um relógio ou um bracelete), cruzava o peito do escritor, e a cabeça estava enfiada em seu pescoço, como se lhe contasse um segredo. Mas a maior diferença estava em um cobertor que lhes tapava até a altura do peito. Nas outras fotos, apenas as roupas cobriam o casal.

O Giovanni apertou um botão e fez a tela do celular desligar. Ele seguia com uma calma incompatível com a situação.

– Manipularam os corpos pras fotos – disse a Ana.

– Sim – o Giovanni respondeu. – É difícil saber qual

delas mostra como os corpos realmente estavam. Talvez essa última. Ou talvez nenhuma.

Olhei para a Ana. Eu a conhecia o suficiente para saber que ela tentava a todo custo ler a situação, entender o que o Giovanni queria nos dizer.

– Tu acha que eles não se mataram? – ela perguntou.

– Acho que se mataram, sim. Existem várias teorias. Tem gente que diz que ele ia se matar sozinho, mas aí a Lotte viu ele morto e se matou também. Tem até gente que desconfia que eles foram mortos pelos nazistas. Isso foi em 1942, imagina. Só que talvez não tenha sido o suicídio que essas fotos mostram. Talvez a morte nunca seja bonita.

O Giovanni voltou a pegar o texto escrito pelo Neno, mas não o abriu. Ficou apenas mexendo nas bordas. Minha sensação era de ser convidado para participar de um delírio. Pensei que o Giovanni poderia estar em processo de fuga, rejeitando a notícia que tinha acabado de ler. Perguntei o que ele queria nos mostrando as fotos do Zweig.

– O que eu tô querendo dizer é que é tudo uma grande farsa, Zago, que é tudo um grande engano. As coisas não são o que parecem. Meu pai não se matou, teu pai não era o pai de família honesto e trabalhador que tu pensava, o Stefan Zweig e a Lotte não morreram na paz que essas fotos transmitem. E os lêmingues não se matam, eu pesquisei quando tu me falou deles. Olha quanto engano. E tu acreditou em tudo isso. Tu não desconfiou de nada.

O Giovanni parecia começar a se permitir algum descontrole.

– Assim como tu acreditava que teu pai tinha se matado – eu disse. – Ou não acreditava? Ou isso também era mentira?

O Giovanni sorriu, e senti que havia deboche no gesto. Pela primeira vez, tive a impressão de que ele me via como um interiorano. Olhei para a Ana, envergonhado, e fiquei com vontade de pedir que ela saísse, que não testemunhasse aquilo.

– Tu tem razão – o Giovanni disse. – Acreditei mesmo.

– Então por que tu tá assim? Achei que tu ia ter um surto, me bater, me dar um tiro, sei lá. Por que essa calma?

– Por que será, Zago? – ele reagiu. – Por que tu acha que eu tô assim?

Antes que eu respondesse, antes que pensasse em uma resposta possível, a Ana deu um tapa na mesa e se levantou. Observada por nós, ela caminhou pela cozinha, fazendo as tábuas do chão rangerem. Até que se sentou novamente.

– Tu já sabia, né? – ela disse, virada na direção do Giovanni.

Ele fez que sim a cabeça.

– Sabia o quê? – perguntei.

Ninguém precisou responder. Eu logo entendi. E então primeiro imaginei que ele pudesse ter descoberto pela manhã: que, assim como aconteceu comigo, tivesse recebido o texto do Neno. Mas lembrei do bilhete, "considerei enviar para o teu amigo, mas achei que tu deveria ler antes". E pensei que não haveria tempo: que poucas horas não bastariam para transformar o espanto (o pai assassinado) em tamanha calma.

— Desde quando tu sabe? — questionei.

— Não é bem isso que tu quer saber, né? — ele retrucou.
— O que tu quer saber é se eu já cheguei aqui sabendo. Se eu já cheguei em Nova Colombo sabendo que o teu pai matou o meu.

Falei que ele tinha razão. Eu me sentia enganado. Era estranha a sensação de não poder me irritar, de não ter direito ao ódio. O assassino continuava sendo o meu pai.

— Quando cheguei, eu já sabia de tudo. Já sabia que ele tinha sido morto, já sabia quem tinha matado. E já sabia quem tu era. A verdade é que não foi tu que me procurou, Zago. Fui eu que te procurei.

O Giovanni puxou a cadeira para trás, buscou uma posição mais confortável, cruzou as pernas e pediu alguma coisa para beber. A Ana pegou a bolsa, mexeu no interior e tirou de lá uma lata que originalmente continha chicletes — mas que, eu sabia, guardava os apetrechos que ela usava na preparação dos baseados. Entendi que a conversa iria longe. Embora ainda fosse dia claro, busquei uma garrafa de vinho. Peguei três taças, enchi e, sem perguntar se queriam, lhes entreguei.

— A gente vai precisar — falei.

Bebi um primeiro gole. O vinho queimou a garganta de um jeito bom. O Giovanni repetiu meu gesto. Observamos a Ana preparar o baseado com o cuidado de uma artesã. Ela abriu a lata, retirou um pouco de erva, a desmanchou com a ponta dos dedos e depois a distribuiu e a apertou sobre a seda. Em seguida, enrolou, lambeu as pontas, acionou um isqueiro e passou a chama ao longo do papel, antes de finalmente acender e dar duas tragadas fortes.

– Uma artista – disse o Giovanni.

A Ana passou o baseado primeiro para ele.

– Como tu descobriu? – ela aproveitou para perguntar. – Tu acabou de dizer que acreditou que era suicídio.

O Giovanni tragou, segurou a fumaça e a soltou pela boca, aos poucos, enquanto olhava para o baseado com admiração. Ele me passou o cigarro e começou a responder, olhando para mim, como se eu tivesse feito a pergunta.

– A morte da minha mãe foi o contrário da morte do meu pai. Ela morreu aos poucos, durante meses, e eu acompanhei o tempo todo. Câncer no intestino, um inferno. E aí, quando a gente morre aos poucos e vê o filho ao lado, acho que fica mais fácil contar a verdade.

Não falei nada. Prendi a fumaça na garganta e senti um leve ardor se misturar à queimação do vinho. Eles combinavam. Tossi um pouco e passei o baseado para a Ana, que também se manteve quieta, como se deixasse implícito que a palavra, até que tudo ficasse claro, caberia ao Giovanni. E ele pareceu entender a mensagem, porque logo voltou a falar. Disse que era verdadeira a história que tinha me contado, que realmente escutou a mãe comentar com uma cliente sobre o suicídio do pai, mas que acabou interrompendo a conversa antes de a mãe revelar que tinha sido enganada – que o marido, na verdade, havia sido assassinado.

– Aí passei anos acreditando naquilo que eu tinha ouvido. A mãe não conseguiu me contar. E eu entendo. Não é fácil chegar pro filho e dizer: "Então, sabe o teu pai, aquele que tu acha que se jogou de um precipício? Na verdade, ele primeiro foi espancado e depois jogaram ele no precipício, entendeu?" Não julgo ela.

O Giovanni nos disse que tentou perguntar à mãe mais detalhes sobre a morte, mas que ela sempre repeliu as conversas. E que foi por isso que ele, ainda adolescente, começou a ler sobre suicídio: para, por conta própria, tentar entender as motivações do pai. Ele contou, entre goles de vinho, que a mãe percebeu o interesse, os livros sobre o assunto se acumulavam, mas não teve coragem para falar a verdade, e ele próprio parou de insistir. Até que ela adoeceu. E quando a doença foi acompanhada pela notícia de que não haveria cura, ele percebeu que não tinha muito tempo: se quisesse tirar da mãe tudo sobre a morte do pai, aquele era o momento, mesmo que ela estivesse doente, mesmo que estivesse fragilizada.

Escutávamos com atenção. Servi mais vinho, a Ana reacendeu o baseado. O Giovanni seguiu falando. Ele contou que, aos poucos, foi sinalizando à mãe que gostaria de saber mais. Mas não adiantava, ela continuava fugidia. Até que um dia ele disse que descobriria por conta própria, que entraria em um ônibus e iria até Nova Colombo.

– Quando escutou isso, ela entrou em surto, se descontrolou. Não lembrava de ter visto ela daquele jeito. Ela tava deitada na cama, mas deu um pulo, sentou meio de lado, pra poder me olhar na cara, e me pediu pra jurar que eu nunca faria aquilo, que eu nunca viria pra cá. Ali eu soube que tinha algo errado, que aquela história não era bem assim.

– E tu jurou? – a Ana perguntou.

– Eu disse que juraria se ela me contasse tudo.

– E ela te contou.

– Sim.

– E tu veio pra cá mesmo assim, mesmo tendo jurado.

– Sim. Mas e daí? O que vai acontecer? Vou pro inferno? Acredita no que eu vou te dizer: quando tu descobre que teu pai foi assassinado, tu tá pouco te lixando pra todo o resto.

A Ana disse que acreditava, pegou a taça, na qual mal tinha tocado, e levou à boca. O Giovanni fez o mesmo.

– Tem uma coisa que eu não entendi – falei. – Como que a tua mãe ficou sabendo? Na reportagem do Neno, ela mesma fala em suicídio. Como ela descobriu que ele não se matou?

Ele voltou a pegar o texto do Neno, abriu a folha e ficou olhando para ela.

– Um jornalista – respondeu, ainda com a folha na mão. – A mãe disse que enterrou meu pai na segunda, e na terça apareceu um jornalista na porta de casa. Ela me contou que o rosto dele não era estranho, que ela tinha a impressão de já ter visto ele antes, mas não se tocou que era o mesmo jornalista que tinha falado com ela. Imagina, devia tá desnorteada, coitada. Mas aí esse jornalista foi na casa dela, falou que viu tudo que aconteceu, que não foi suicídio, que foi assassinato. E deu os nomes de quem matou.

A imagem do Neno enforcado veio à minha cabeça, como se alguém a tivesse projetado em uma parede.

– Ela disse que quando ele falou os nomes, ela perguntou se ele tinha uma caneta. E aí ela escreveu os três nomes na palma da mão: Zago, Fontana, Gentile. Não é até meio bonito? Os nomes dos assassinos na palma da mão...

Pensei que o Giovanni tinha razão, que era bonito mesmo.

– E ela te falou os nomes? – a Ana perguntou.

– Falou. Eu disse que ou ela me falava, ou eu vinha pra cá e descobria do meu jeito. Aí ela me falou. Ela lembrava de cabeça. Passaram quase três décadas, e ela nunca esqueceu.

O Giovanni se concentrou na parede atrás da Ana. Era onde estava a foto do casamento dos meus pais. Perguntei se ele queria que eu retirasse o quadro.

– Não te preocupa. Já vi ele antes. No site da empresa que ele tinha, no teu Facebook, em matéria de jornal sobre umas reuniões de engenheiros. Vi hoje no cemitério também. É a coisa mais fácil do mundo.

Não vi razão para contar que eu também tinha ido ao cemitério. Levantei, caminhei alguns passos e peguei a pasta com as cópias dos jornais. Entreguei para o Giovanni.

– Aqui tem mais uma. Eu apareço no colo dele. Tem que ver as datas certinho, mas deve ter sido um ou dois dias antes de tudo acontecer. Não quero ficar com isso, pode levar.

Ele abriu a pasta, olhou as cópias rapidamente e fechou de novo. Bebi o que havia de vinho na minha taça. A Ana se levantou, pegou mais uma garrafa e abriu. Não gostei – eu queria que o Giovanni fosse embora logo, queria que aquilo acabasse de uma vez. Mas eu sabia que a conversa não estava encerrada. Eu ainda tinha perguntas a fazer.

– O que eu não entendo é por que o papo de suicídio – falei. – Por que se aproximar de mim e me enrolar com essa conversa? Não dava pra chegar e falar a verdade?

– Dava.

– E por que não fez?

– Porque eu precisava entender quem tu era, como tu era. Precisava te conhecer pra decidir o que fazer. De qualquer forma, o que te falei sobre suicídio não foi enrolação. Foi como eu lidei com a morte do meu pai por anos. Às vezes aquilo ainda parece mais verdadeiro do que a verdade. Tu tem noção? Tu consegue imaginar a sensação de descobrir que toda a dor que tu viveu ainda é pouco? Que tem mais? E aí tu acha justo eu simplesmente chegar, te contar e ir embora? Tu não precisava simplesmente saber: tu precisava entender. Quem entende não esquece. Essa cidade aqui esqueceu, e olha que o aconteceu agora, olha o que aconteceu de novo.

Senti que meus olhos começavam a nublar, talvez pela mistura da bebida com o baseado, talvez pelo impacto de tudo que eu vinha descobrindo.

– E agora? – perguntei, e escutei minha voz cansada. – Eu entendi. Pelo visto o Neno também entendeu. Mas e agora?

— Bom, agora tem o Gentile. Não tem o teu pai, não tem o Fontana, mas tem o Gentile. Agora eu vou me acertar com ele. Não sei se amanhã, daqui a uma semana, daqui a um mês, mas eu vou me acertar com ele. E se teu pai estivesse vivo, eu me acertava com ele também.

O Giovanni girou o vinho na taça, bebeu um gole, esperou um pouco e bebeu mais um. Em seguida, se levantou e pegou as pastas.

— Posso levar a reportagem?

— Pode.

Ele agradeceu, deu um beijo na bochecha da Ana e me esticou a mão direita. Eu a apertei também com minha mão direita e pedi desculpas.

— Eu gosto de ti, Zago — ele disse. — O problema é teu sobrenome.

5.

    Depois que o Giovanni foi embora, a Ana continuou por mais uma hora comigo. Ela disse que precisava ir para casa e perguntou se eu gostaria de ir junto. Falei que preferia ficar sozinho. Segui bebendo enquanto caía a tarde e chegava a noite. Quando a escuridão se assentou, deitei sob os cobertores. Consegui pegar no sono algumas vezes, mas uma mesma imagem (o Giovanni se aproximando do precipício) me vinha à mente, feito um pesadelo em vigília, e impedia que eu realmente dormisse. Pouco antes das seis da manhã, desisti, tomei banho e, da janela da sala, acompanhei o amanhecer de Nova Colombo.
    Meu corpo doía – as pernas, o estômago, a cabeça. Fui à cozinha. Fiz uma torrada e passei café. Liguei o rádio na estação da cidade. Escutei uma vinheta e os comerciais. Na volta, o locutor deu as horas, disse que a temperatura estava em 13 graus, mas que a máxima prevista para o dia era de 22, e começou a falar sobre o Neno. Informou que o corpo havia passado a noite sendo velado na igreja e que, de lá, seria levado ao cemitério municipal. O sepultamento estava previsto para as nove. Olhei o relógio – eram

quase sete. Decidi me despedir do Neno.

 Entrei na igreja e vi umas 30 pessoas, a maioria sentada nos primeiros bancos. Velórios eram um acontecimento importante na cidade. Os moradores tinham a tradição de se despedir dos mortos pouco antes de o corpo partir para o cemitério. Segui pelo corredor central e parei diante do caixão. No pescoço do Neno, era possível ver um hematoma roxo – a maquiagem não conseguia cobrir toda a marca. Fiquei diante do corpo, como ele tinha ficado diante dos corpos dos meus pais naquele mesmo lugar, e me despedi com um sinal da cruz, por formalidade. Pouco além do caixão, reconheci dois irmãos do Neno. Eles conversavam com o padre. Esperei que ele se afastasse para cumprimentá-los e dar meus pêsames. Eles agradeceram.

 Sentei sozinho em um banco. O sol batia nos vitrais e fazia luzes coloridas se moverem nas paredes, onde estavam pendurados quadros com imagens de santos variados, que pareciam se voltar ao enorme Cristo crucificado sobre o altar. Olhei com mais atenção para as pessoas e tentei entender como elas se relacionavam com o Neno. Nenhuma aparentava estar arrasada com a morte. Era como se ele tivesse, com o tempo, se afastado de cada uma delas, e o resultado fosse um luto sóbrio, mais um lamento do que uma dor. Vi funcionários do jornal, homens que o acompanhavam em bebedeiras nos bares, políticos antigos e atuais, comerciantes. E, três fileiras à frente, reconheci o Gentile. Ele parecia desacompanhado. Fui até ele, o cumprimentei e sentei ao seu lado.

— Não sabia da tua amizade com o Neno — o Gentile falou.

— A gente não era amigo. Mas ele me ajudava quando eu precisava fazer alguma pesquisa pras aulas. Sou muito grato a ele. Imagino que tenha bastante gente na cidade grata a ele.

O Gentile me olhou de lado, repousou o antebraço no encosto do banco e aproximou o rosto do meu.

— Falando nisso, fiquei sabendo da tua situação na escola — ele me disse com a voz baixa. — Uma pena. E por uma bobagem. Uma bobagem.

— Uma bobagem, né? — falei, também junto à orelha. — *Stupidi negri.*

Ele me encarou com os olhos arregalados e manteve a boca entreaberta. Havia acúmulo de baba no canto dos lábios. Tive certeza de que o Gentile havia entendido. Mas não teve tempo de reagir. O padre pediu para todos se levantarem e, de mãos dadas, rezarem um Pai Nosso. À minha direita, um homem que eu só conhecia de vista se aproximou e me estendeu a mão. À esquerda, o Gentile fez o mesmo. Aceitei. De mãos dadas com o homem que ajudou meu pai a matar o pai do Giovanni, rezei pelo Neno — até que o padre, invocando o Pai, o Filho e o Espírito Santo, nos liberasse para sentar novamente.

Aproveitei e voltei para o lugar onde estava. De lá, afastado do Gentile, escutei o padre fazer um breve discurso com desejos de que os erros do Neno tivessem perdão e ele fosse aceito no reino eterno. Em seguida, a tampa do caixão foi fechada. Os dois irmãos do Neno e outros quatro homens seguraram as seis alças e começaram a carregá-lo para fora da igreja, seguidos pelas demais pessoas. Esperei que todas passassem por mim, inclusive o Gentile, e segui o cortejo. Do topo da escadaria, observei o carro fúnebre estacionado, com a porta traseira aberta, à espera do corpo. Ao lado do veículo, escorado em um poste, estava o Giovanni.

Ele não me viu. De cima, notei que o Gentile caminhava em sua direção. Imaginei que seria ali: que o Giovanni o seguraria na frente da igreja, diante de todos, diante especialmente do Neno, novamente testemunha, e o chamaria de assassino, e lembraria à cidade que aquele homem matou seu pai. Mas o Gentile passou ao seu lado, cruzou a rua, entrou em uma picape e foi embora, sempre observado pelo Giovanni, que partiu a pé, caminhando devagar, depois que o carro arrancou.

Desci a escadaria e ponderei se deveria ceder à curiosidade e segui-lo como no dia em que ele chegou à cidade. Desisti. Esperei que saísse de vista e peguei o rumo do centro. Entrei na padaria, fui cumprimentado pela atendente, pedi um café e sentei à mesa. Olhei a praça pela janela. Ela estava pouco movimentada. As crianças já tinham entrado na escola, a Ana já devia estar em aula. Bebi o café aos poucos. Aproveitei uma tranquilidade ilusória – que remetia a um passado recente, quando a cidade em que eu vivia era outra.

Fui para casa. Meu corpo ainda doía. Tomei um remédio, deitei na cama e escrevi para a Ana dizendo que tinha ido ao velório do Neno e visto o Giovanni lá. O quarto estava escuro. Senti o sono me envolvendo. Enquanto esperava a resposta, dormi. Despertei no começo da tarde. Peguei o celular e vi que a Ana havia respondido. Ela perguntou se eu tinha falado com o Giovanni. Respondi que não e a convidei para ir até minha casa. Ela disse que não podia, que estava agilizando a correção dos trabalhos dos alunos – que tentava ganhar tempo para ir novamente ao alojamento dos haitianos no dia seguinte. Aconselhei que ela se afastasse da história, mas também reforcei que poderia ir junto. Ela falou para eu não me preocupar, que seria uma visita rápida, pegaria emprestada a caminhonete da cooperativa onde o Benjamin trabalhava e logo voltaria.

Sozinho, dediquei o resto do dia a uma das minhas especialidades: ter ideias que eu não encontrava força para realizar. Cogitei tirar o quadro dos meus pais da parede, mas não achei justo, minha mãe não havia matado ninguém. Pensei em telefonar para o meu tio, perguntar se ele sabia que tinha um irmão assassino (se ele não soubesse, eu contaria, eu dividiria com alguém da minha família, mesmo alguém distante, que tínhamos sangue de criminoso). Mas também não fiz, assim como não telefonei para o Giovanni nas várias vezes em que tive vontade, embora não tivesse o que dizer: só queria vê-lo, ver alguém.

O dia passou devagar e colaborou com o caos que atingia meus pensamentos – uma espécie de catatonia misturada com ansiedade. Quando a noite chegou, fiz comida e abri uma garrafa de vinho. O álcool me acalmou. Decidi ler mais um livro do Stefan Zweig – restavam dois. Descartei a biografia de Fernão de Magalhães e peguei o outro, chamado Momento Supremo. Ele tinha uma capa horrorosa, um amontoado de cores, com Napoleão, Lenin e um pianista (que eu desconhecia) em primeiro plano e cenas de batalhas ao fundo. Li a orelha e lembrei melhor do que se tratava: grandes acontecimentos da História que, na visão de Zweig, eram decididos em instantes imperceptíveis, os momentos supremos do título.

O primeiro texto era sobre como Napoleão perdeu a Batalha de Waterloo. Para Zweig, a derrota foi construída no instante em que ele confiou uma missão ao marechal Grouchy, sujeito que se mostraria incapaz de decidir sozinho que sua tropa deveria abortar o plano inicial e retornar em auxílio a Napoleão, mesmo que o cheiro de pólvora lhe entrasse pelas narinas e o chão tremesse a seus pés, indicando que havia começado a grande batalha. Depois, vinha um texto sobre como Goethe criou a "Elegia de Marienbad" ao ser rejeitado pela amada – uma jovem que recusara seu pedido de casamento –, seguido de outro sobre Dostoievski sobrevivendo ao batalhão de fuzilamento. E outros mais: o mito do Eldorado, a saga da descoberta do Polo Sul, a composição da Marselhesa, várias pequenas histórias que marcariam a humanidade enquanto quase ninguém prestava atenção.

Li as 227 páginas ao longo do que restava da noite e de boa parte da madrugada. Enquanto lia, me perguntava qual teria sido o meu momento supremo: se foi quando conheci o Giovanni, se foi na primeira noite com a Ana, se foi no dia em que falei do Benjamin aos alunos, se foi no instante em que li o texto do Neno e descobri a história do meu pai. Eram quase cinco da manhã quando terminei o livro. Dormi até perto do meio-dia. Logo que despertei, mandei mensagem para a Ana. Ela respondeu dizendo que estava na estrada.

"Eu realmente podia ter ido contigo", escrevi.

"Não te preocupa. À noite a gente conversa."

Levantei da cama, me ajeitei e fui ao pátio buscar a Gazeta da Serra. A edição de sexta-feira era a primeira desde a morte do Neno. Um obituário ocupava metade da página 2, abaixo do anúncio de um mercado da cidade, com promoções de papel higiênico, alvejante, achocolatado, pepinos em conserva. O texto, a exemplo da postagem anterior no Facebook, não citava causa e local da morte. Dizia que o corpo havia sido velado na igreja antes de ser sepultado no cemitério, agradecia a Emilio Salvatore por ter dedicado mais de três décadas ao jornal, em diferentes funções, e lembrava que ele havia marcado época como um repórter investigativo "sempre comprometido com a verdade".

Deixei o jornal na mesa da cozinha, sem ler o resto, e voltei ao pátio. Coloquei uma cadeira no gramado e sentei ao sol. Ele brilhava forte, sem nuvens em volta. O dia, de tão bonito, me convenceu a sair de casa. Já no portão, cumprimentei a vizinha. Ela carregava uma bacia de roupa limpa, que estenderia no varal para aproveitar o calor. Algumas casas adiante, um homem cortava grama – o cheiro dava a sensação de que a vida era boa. No caminho para o centro, entrei no minimercado para abraçar a dona Rita. Ela disse, sorrindo, para eu tomar cuidado, porque estava com dores nas costas, de trabalhar a vida inteira, embora não pudesse reclamar, tinha gente com problemas muito maiores. Passei também na tabacaria. Vi os poucos livros que haviam chegado (nenhum me interessou) e comprei duas revistas semanais.

Almocei em um restaurante perto da praça. Passava de uma da tarde, mas a comida no buffet seguia quente e farta. Pessoas entravam e saíam: funcionários de lojas do centro que provavelmente não viam vantagem em ir para casa no intervalo do trabalho, irmãos que não deviam ter os pais disponíveis para lhes fazer almoço, casais que davam um jeito de se ver entre as atividades do dia. A chegada do fim de semana parecia animá-los. Eles me davam a impressão de serem todos genuinamente felizes.

Terminei de comer, paguei a conta no caixa e fui para a praça. Sentei em um banco, perto da escola, e fiquei folheando as revistas. Pelo barulho, soube que as crianças já estavam nas salas e imaginei que os professores ainda lutassem para controlar a excitação dos alunos antes de efetivamente iniciarem as aulas. O porteiro deixou a guarita e andou até a calçada. Ele me reconheceu e acenou. Acenei de volta, constrangido, como se me fosse proibido estar lá. Cogitava ir embora quando vi a diretora se aproximando.

– Matando a saudade? – ela perguntou.

– Nada. Matando tempo mesmo.

– Quer entrar?

– Não, não precisa. Tava indo pra casa já.

– Então fica aí mais um pouco. Eu tava mesmo pensando em ti.

A diretora sentou ao meu lado e perguntou se eu sabia que os alunos estavam ensaiando para a peça. Respondi que a Ana tinha me contado. Ela ficou em silêncio, o rosto voltado para a escola, como se esperasse que eu a agradecesse, que eu valorizasse o incentivo à realização da peça sobre o Benjamin.

– Era por isso que a senhora tava pensando em mim? Por causa da peça?

– Não. Não exatamente. Era por outra coisa.

– E que outra coisa era?

Ela inclinou o tronco e a cabeça para a frente e segurou os joelhos com as mãos. Para me ver, teve que virar o pescoço de lado.

– O Benjamin não roubou o celular.

Em um reflexo, olhei para o ponto onde ele costumava ficar na praça.

– Como a senhora sabe?

– Outro aluno levou. Não vou te dizer quem, imagino que tu não te importe. Mas pegou o celular, acabou se assustando com o tamanho que a história ganhou e aí deixou desligado, escondeu, não sei direito. Só sei que a mãe achou, falou pro pai, os dois botaram uma pressão e ele confessou. Aí procuraram os outros pais pra devolver. Acabaram vindo todos falar comigo.

Lembrei do vídeo, o Benjamin amarrado, o menino que teve o celular roubado se recusando a derramar a tinta branca sobre ele, por mais que o pai insistisse.

– E eles falaram alguma coisa sobre o Benjamin? – perguntei.

– Não. Não falaram nada. Só me pediram discrição.

– Discrição?

– Sim.

– Ou seja, pediram pra esconder que não foi o Benjamin.

A diretora se levantou e ficou de frente para mim.

– É basicamente isso. Pediram pra eu manter sigilo, inclusive dos professores. Mas tu não é mais professor, né?

Ela sorriu e deu três tapinhas na minha perna. Antes de se despedir, apontou para a escola com a cabeça e disse que um dia eu voltaria a dar aula lá. Falei que duvidava. Ela começou a se afastar, caminhando na direção do portão, mas ainda consegui dizer, sem precisar gritar, que contaria para a Ana sobre o Benjamin. Ela abriu os braços, como quem diz que não pode fazer nada.

Fui para casa. Quando cheguei, mandei mensagens para a Ana perguntando se tinha dado tudo certo com os haitianos. Ela só respondeu no fim da tarde. Escreveu que estava de volta à cidade e que me encontraria à noite. O tom me preocupou.

"Tá tudo bem contigo?", perguntei.

"Mais ou menos. A gente se fala mais tarde. Eu passo aí, beleza?"

A Ana chegou às sete. Estava com os cabelos molhados, cheirando a xampu, e carregava às costas uma mochila com broches nas alças. Parecia uma adolescente. Entendi que dormiria na minha casa, embora não tivéssemos combinado. Ela me beijou, entrou, sentou à mesa da cozinha e me encarou com os olhos, grandes e verdes feito as bolitas com que os meninos brincavam no recreio.

– Eu tô pensando em ir embora, Zago.

Também me sentei. Ela tinha o rosto sereno, a voz calma. Falava com a tranquilidade de quem comunica uma decisão já tomada.

– A real é que eu não tenho relação nenhuma com essa cidade – continuou. – Não sou daqui, minha família não tá aqui, não faz diferença eu dar aula aqui ou em outro lugar.

Perguntei se tinha acontecido alguma coisa na visita aos haitianos. Ela respondeu que sim e parou de falar. Tive que insistir.

– Acho que tu não vai gostar, mas eu levei o Giovanni comigo – ela contou.

Senti uma espécie de descarga elétrica dentro do corpo. Meu rosto formigou. De imediato, em uma imagem que deve ter durado menos de um segundo, visualizei a Ana e o Giovanni juntos, deixando Nova Colombo, indo embora para Porto Alegre, construindo uma vida nova, os dois me esquecendo aos poucos. Tive que me concentrar, fazer um esforço muscular, para domar o descontrole que surgia em mim.

– Por que tu levou ele junto?

– Porque pensei que os haitianos poderiam se identificar com ele, poderiam ouvir. Comigo não tava mais rolando. E foi uma boa ideia, deu certo.

Meu corpo distensionou com a explicação. E então a Ana, antes de contar por que pensava em deixar Nova Colombo, começou a detalhar a visita ao Benjamin – estive em vias de interrompê-la e avisar que aquilo não era o mais importante. Ela disse que foi barrada com o Giovanni na porta do alojamento por um haitiano que nunca tinha visto. Falou que só conseguiu entrar depois de se identificar como amiga do Benjamin e explicar como o conhecia. Contou que o Benjamin se mostrou simpático, a abraçou, mas desconversou quando ela perguntou sobre a ida à cidade com os outros haitianos, disse que só estavam passeando. A Ana comentou que ele não estava sozinho, havia outros homens lá, uns seis ou sete, e que o Giovanni ficou o tempo todo quieto.

– Quieto? Mas tu não disse que valeu a pena ele ir junto?

– Sim. Só que na hora de ir embora, ele foi comigo até a caminhonete e pediu pra eu esperar. E aí voltou pro alojamento, ficou uns 15 minutos lá.

– Fazendo o quê?

– Foi o que eu perguntei quando ele voltou. E aí ele disse: "Contei a história do meu pai pro Benjamin".

Assim que a Ana falou, também pensei no meu pai. Torci para que o Giovanni não tivesse dito quem eram os assassinos. Eu não queria que o Benjamin soubesse. Meu plano era que mais ninguém soubesse, que o Giovanni fosse logo embora e me permitisse compartilhar a lembrança apenas com a Ana, como um daqueles segredos que acabam fortalecendo uma união – e que as pessoas, com o tempo, simplesmente deixam de comentar, mesmo que jamais esqueçam, mesmo que saibam que ele está sempre à espreita.

– Mas por que ele contou? – perguntei.

– Ele disse que foi pra fazer o Benjamin confiar nele. E aí pedir pra ele tomar cuidado, pra eles não fazerem nada que pareça provocação. Parece que ele entendeu, parece que disse que eles não vão voltar aqui tão cedo.

A Ana parecia aliviada com o que tinha escutado do Giovanni. Ela se levantou, foi até o armário, pegou um copo, abriu a geladeira e se serviu de água gelada. Bebeu de pé. Quando terminou, sugeriu que saíssemos para jantar. Falei que achava uma boa ideia, embora só velhos jantassem tão cedo. Ela brincou que eu era mais velho em todos os aspectos possíveis. Rimos juntos. E então eu pedi que, antes de sairmos, a Ana explicasse por que pensava em ir embora. Ela se sentou novamente e colocou o copo em cima da mesa. Ele estava embaçado por causa da água gelada, exceto no espaço onde a boca havia encostado.

– Eu tava falando sobre isso com o Giovanni hoje. A gente indo ver os haitianos, e ele olhando pela janela da caminhonete, vendo a paisagem, me fazendo um monte de pergunta. Aí comentei que devia ser estranho pra ele estar aqui. Porque a história dele começou aqui, né? Ele foi gerado aqui. Mas, ao mesmo tempo, ele não pertence à cidade.

– E o que ele te disse?

– Que era isso mesmo. Que, claro, não é a primeira vez que ele se sente deslocado em um lugar. Mas que aqui é pior, e não porque tratem ele mal ou alguma coisa assim. Ele disse que aqui é pior porque não tem lugar no mundo onde a gente se sinta mais estrangeiro do que na cidade em que mataram nosso pai.

Falei para a Ana que o caso do Giovanni era excepcional, que ela não deveria se deixar levar pela emoção dos últimos dias. Formulei uma frase de efeito sobre todos sermos estrangeiros o tempo todo, refugiados feito o Benjamin. Fiquei de pé, fui até ela, a abracei por trás, cheirei seu cabelo e seu pescoço.

– E outra – eu disse. – Tu tem um vínculo aqui.

– Tenho, é? – ela respondeu, olhando para trás e sorrindo.

– Ué, eu diria que tem.

A Ana se ergueu da cadeira, ficou de frente para mim e pisou com os pés em cima dos meus. Ela colocou as mãos nos meus ombros para pegar equilíbrio e aproximou o rosto a ponto de encostarmos nariz com nariz.

– E se o vínculo for embora comigo? – ela falou. – E se o vínculo perceber que não tem mais nada pra fazer aqui e for comigo?

Segurei as costas da Ana com força, pouco acima da cintura, e a levantei do chão. Ela deu um grito e começou a rir, balançando os pés no ar. Quando a larguei, notei que estava com o rosto vermelho. As sardas pareciam maiores.

— Cuidado, hein? — falei.

— Com o quê?

— Com isso que tu falou. Tá parecendo um pedido de casamento.

— Deus me livre. Só quero um otário pra dividir o aluguel.

A Ana se apoiou na mesa, cruzou os braços e disse que estava falando sério. Pediu que eu pensasse no assunto. Eu prometi que pensaria. Ela então bateu com as palmas das mãos nas próprias coxas e falou para irmos logo comer, porque tinha fome. Mas pedi que esperasse, porque eu também tinha algo importante para dizer. Ela ficou imóvel. Imaginei que fosse um jeito de se concentrar melhor na novidade que receberia, sem precisar dividir o pensamento com outros gestos, como as pessoas que diminuem o volume do rádio no carro quando estão procurando a numeração de uma casa.

— O Benjamin não roubou o celular — falei. — Encontrei a diretora hoje. Foi um outro aluno. Os pais falaram pra ela.

A reação da Ana me surpreendeu. Ela saiu caminhando pela cozinha, foi para um lado, depois foi para outro, e então se aproximou da janela e gritou, como se fosse possível fazer a população inteira escutar.

— Filhos da puta!

Corri até ela e pedi que se controlasse. Ela não pareceu me ouvir.

— Filhos da puta! Bando de filho da puta!

Puxei a Ana para perto. Ela estava com o corpo retesado. Seguiu xingando, mais baixo a cada vez, até que se acalmou.

– Olha o que fizeram, Zago. Quase mataram o Benjamin. E ele não tinha feito nada. Ele nunca fez nada pra ninguém. Porra, Zago.

Falei que ela tinha razão. Abraçada a mim, a Ana disse que Nova Colombo era uma cidade de pessoas ruins. Argumentei que não era verdade, que era uma cidade de pessoas boas e ruins, como todas as outras, e que as pessoas ruins ficariam felizes se ela fosse embora, porque seria uma pessoa boa a menos para enfrentá-las. A Ana então reclamou da diretora, disse que deveria ter sido avisada de que outro aluno tinha roubado o celular. Expliquei que a diretora havia se comprometido a não falar nada aos professores. E sugeri que contássemos ao próprio Benjamin no dia seguinte.

Depois de uma hora, com a Ana mais calma, saímos para jantar. Na frente de casa, decidimos ir a uma pizzaria no centro. Enquanto caminhávamos, pensei na conversa anterior, na sugestão de que fôssemos embora juntos, e senti uma felicidade que não lembrava de ter sentido – ela talvez não fosse tão grande, só parecesse daquele tamanho em comparação com a desgraça dos dias anteriores. De mãos dadas, feito namorados, passamos pela praça. Ela estava movimentada. Três mulheres conversavam, segurando sacolas de compras do mercado. Dois adolescentes, que pareciam irmãos gêmeos, ensaiavam manobras em uma bicicleta pequena. Quatro homens bebiam cerveja e escutavam música, encostados em um carro.

Como de costume em Nova Colombo, não precisamos esperar para pegar mesa no restaurante. O proprietário nos recebeu como se fôssemos velhos amigos, serviu um pão quente de entrada e disse que o vinho da casa estava melhor do que nunca. Aceitamos. Perto do caixa, uma menina de uns oito anos desenhava em uma folha que ocupava quase toda a mesa. Ela entregou o papel para que o dono da pizzaria nos desse de presente – era sua filha. O desenho tinha um homem, uma mulher e uma árvore. O casal estava suspenso do chão e era mais alto do que a árvore. Apontando para mim e para a Ana, perguntei para a menina se éramos nós dois no desenho. Ela fez que sim com a cabeça. A Ana foi até ela, a abraçou, agradeceu pelo presente e disse que era um desenho muito bonito.

Terminamos a primeira jarra de vinho e pedimos outra. Bebemos e comemos com prazer. O restaurante foi enchendo, algumas pessoas nos cumprimentaram com discrição, reconhecemos alunos da escola chegando com os pais. Pedimos sobremesa para acompanhar as últimas taças de vinho. Quando estávamos prontos para ir embora, quando eu já me imaginava na cama com a Ana, meu telefone tocou.

Fiquei na dúvida se deveria atender. Segurei o celular com a mão direita, no meio do caminho entre a mesa e meu rosto. O som que saía do aparelho parecia mais alto a cada instante em que eu titubeava. Na tela, iluminado, aparecia o nome do Giovanni. A Ana me olhava, parecia confusa, e vi que pessoas nas outras mesas também me encaravam, como se pedissem para eu interromper logo o barulho. Atendi.

– Os haitianos tão aqui – o Giovanni falou. – Tão na praça. Não deixa a Ana ir lá.

Não tive tempo de responder – ele desligou o telefone. Tentei disfarçar meu susto, mas a Ana percebeu. Ela perguntou quem era, o que tinha acontecido. Falei que não era nada, tentei trocar de assunto, perguntei se ela queria mais vinho, mas não adiantou.

– Era o Giovanni, né?

Admiti que era. A Ana quis saber o que ele queria – meu rosto devia denunciar a gravidade da situação. Pedi que ela me garantisse que não faria nenhuma besteira, que não agiria por impulso, que me acompanharia até em casa e esperaria tudo se acalmar. Ela, antes relaxada na cadeira, se endireitou e perguntou se era alguma coisa com o Benjamin. Respondi que sim, que os haitianos estavam na praça. Em um mesmo movimento, como se fosse ensaiado, ela se levantou e pegou a bolsa. Tentei segurá-la pelo braço, mas ela se esquivou e correu porta afora. Tive certeza de que as pessoas nas outras mesas concluíram que estávamos brigando. Corri até o caixa e falei para o proprietário que era uma emergência e eu voltaria para pagar a conta. Saí correndo também.

Na frente do restaurante, avistei a Ana alguns metros adiante, quase dobrando a esquina. Não demorei para alcançá-la. Ela estava transtornada, falava que iriam matar o Benjamin, que não podíamos permitir que matassem o Benjamin. Tive dificuldade para contê-la – ela parecia ter ganhado força. Concordei em vermos o que estava acontecendo, desde que ela prometesse não se aproximar no caso de briga. Andamos, em uma marcha que era quase uma corrida, as duas quadras que nos separavam da praça. Conforme caminhávamos, escutávamos com mais clareza um alarido incomum para a cidade. Minha preocupação aumentou quando observei homens saindo de suas casas e indo na mesma direção, tão apressados quanto nós. Tentei, mais uma vez, convencer a Ana a ir embora. Ela disse que não iria.

Quando chegamos à esquina da praça, diminuímos o passo, como se nos permitíssemos alguns instantes de preparação. A primeira imagem que vi foi o carro da polícia, parado em cima da calçada, iluminando a noite com luzes vermelhas. A viatura separava dois grupos. O mais próximo de nós me impressionou pelo tamanho. Eram dezenas de pessoas, talvez umas 50, quase todas homens – notei uma ou outra mulher. Alguns estavam pendurados na estátua do Colombo, outros começavam a queimar o que parecia ser um manequim – e quase todos gritavam palavras que eu não entendia, repetindo o que dizia um homem com um megafone. O outro grupo parecia menos numeroso, mas recebia reforços a cada poucos segundos. Embora eu não conseguisse identificá-los de longe, era fácil imaginar que lá estavam, comandados pelo vereador Rossi, os responsáveis por pintar o Benjamin de branco. Coloquei meu corpo na frente da Ana. Ela ficou entre mim e um muro. Senti, às minhas costas, que ela tremia.

– Tu consegue ver o Benjamin? – a Ana perguntou.
Olhei com mais atenção. Eu não tinha ideia de que havia tantos haitianos na região. Pensei que o grupo poderia ter imigrantes de outros países – senegaleses, congoleses. Imaginei que pudessem ter se unido, que vissem na agressão a um haitiano uma agressão a todos eles.

– Não consigo – respondi.

Chegaram outros dois carros da polícia, certamente de cidades vizinhas. Os policiais se reuniram. Contei oito. Os dois grupos se acalmaram, pareciam estudar o que fazer. O barulho diminuiu, assim como a circulação de pessoas ao nosso redor. Todos pareciam ter escolhido seus lugares.

Moradores se espalhavam pelas calçadas em grupos pequenos (mais mulheres e crianças do que homens), à espera do que ocorreria, alguns com os celulares prontos para filmar. Mas pouco acontecia. Os haitianos conversavam entre si, pareciam debater o próximo passo. Reparei que não carregavam armas – paus, pedras, nada. A Ana disse que achava que eles iriam embora. Olhei para os policiais e percebi que se dividiram. Cada quarteto começou a caminhar na direção de um grupo. Os que se aproximavam dos haitianos andavam devagar, quase displicentes, talvez como forma de avisar que tinham o controle da situação. Chegaram sem resistência e começaram a falar. Eles se dirigiam especialmente ao homem do megafone. Passados uns dois minutos, se retiraram, de volta ao ponto onde estavam antes. Quase ao mesmo tempo, uma garrafa estourou entre os policiais e os haitianos. Eles reagiram com gritos de revolta e começaram, desordenados, a andar na direção do outro grupo. Depois de não mais do que cinco segundos, outra garrafa estourou, e então mais uma. Os grupos se aproximaram. Os policiais se agitaram. Um deles jogou uma bomba ao chão. O estouro fez subir uma fumaça branca e espessa. A partir daí, o que vi foram fragmentos de cenas confusas, pequenos episódios em que eu não conseguia identificar começo, meio e fim. Escutei mais barulho de bombas. A fumaça ganhou volume e encurtou nossa visão. Diante de nós, surgiram haitianos que pareciam não saber para onde ir. Sua presença fez as pessoas fugirem das calçadas, entrarem em casa. A Ana primeiro se agarrou às minhas costas, feito um filhote acuado, e depois se desvencilhou de mim e correu para a praça. Corri atrás. Vi um policial imobilizando um haitiano, tentando levá-lo para a viatura. Vi dois haitianos chutando um homem no chão. Reconheci um sujeito que morava no começo da minha rua, com um revólver na mão direita, apontando para cima. Vi outro haitiano cambalear, com sangue caindo pelo supercílio, e desabar ao levar uma paulada nas costas. Escutei gritos de raiva e de dor – e também pedidos de calma. Vaguei perdido, trombando com vultos, os olhos ardidos, lacrimejando. Berrei o nome da Ana quando a encontrei apoiada em uma árvore, tossindo por causa da fumaça. Comecei a puxá-la. Tropeçamos, caímos. Alguém nos pisou. Conseguimos levantar. Identifiquei em que ponto da praça estávamos e soube para onde deveríamos ir. Voltamos a caminhar. E aí vi o Benjamin.

Ele também nos viu. Olhou para mim, olhou para a Ana e fez menção de se aproximar. A luz de um poste permitia ver que vestia uma roupa toda branca, com manchas que pareciam de fuligem, e tinha o rosto suado. Carregava uma pedra – temi que nos acertasse com ela, que nos matasse, matasse os brancos. A Ana o reconheceu e conseguiu gritar que fosse embora conosco.

– Não vou – ele gritou de volta. – Não vou! – repetiu, mais alto, e voltou a correr para o meio da praça, onde a maioria dos haitianos tentava se reagrupar.

Escapamos até a calçada, cruzamos a rua e chegamos à esquina da padaria. A Ana se debatia e seguia tossindo. Fiz com que ela sentasse no chão e pedi que respirasse com calma. Olhei em volta. A fumaça subia, e sem ela a praça se descortinava pouco a pouco. Pedras e garrafas ainda voavam, mas a briga parecia perder força. Notei que alguns policiais haviam conseguido se posicionar novamente entre os dois grupos. Sentei ao lado da Ana. Ela apontou para a nossa direita. Distantes uns dez metros, quatro haitianos eram mantidos de frente para um muro, com as mãos à cabeça, como se estivessem em vias de ser fuzilados, enquanto um policial, de arma em punho, os monitorava. A Ana pediu para ver se o Benjamin estava entre eles. Fui com ela – ele não estava. Voltamos à esquina, entramos na rua da padaria e começamos a nos distanciar da praça.

Quando vencemos a primeira quadra, senti que estávamos seguros. Perguntei à Ana se ela tinha se machucado. Ela disse que não. Seguimos em frente, por ruas cada vez mais vazias. Nas janelas das casas, as pessoas espiavam quem se aproximava. Eu também olhava ao redor, um pouco por receio de que alguém nos seguisse, mas principalmente para ver se havia algum sinal do Giovanni. A Ana pareceu entender minha inquietação.

— Ele sabia, né? — ela disse quando nos aproximamos da avenida principal. — Os haitianos falaram pra ele que vinham hoje. Ele me mentiu.

Andamos mais alguns passos sem que eu respondesse. Eu estava preocupado com o que poderíamos encontrar na avenida — temia que a briga tivesse se espalhado para lá. Mas não havia sinais de confusão. Segurei o braço da Ana e esperei passarem um carro da polícia e uma ambulância, ambos com as sirenes ligadas, antes de irmos adiante.

— Mentiu pra te proteger — falei.

Cruzamos a avenida e pegamos a rua da minha casa. Chegamos em segurança. Ao fechar a porta, girei a chave duas vezes. Parei junto à janela da sala e fiquei um tempo nela, vendo se havia alguma movimentação. A Ana foi ao banheiro. Quando saiu, se sentou no sofá, pegou o celular e telefonou para o Benjamin. Ele não atendeu. Ela então enviou uma mensagem e ficou olhando para o telefone. Não houve resposta, mas ela comemorou quando apareceram os dois traços azuis indicando que ele havia lido.

Dedicamos os minutos seguintes a buscar informações. Em grupos de WhatsApp, já circulava a foto de um haitiano desacordado na praça, com policiais em volta. As pessoas especulavam que estivesse morto. Na página da

Gazeta da Serra, uma manchete garantia que havia feridos, mas o texto não trazia detalhes. Fui à cozinha, peguei o rádio e liguei em uma tomada da sala. A emissora da cidade havia interrompido a programação musical para noticiar o conflito. Escutamos um repórter informar, direto da praça, que a situação estava mais tranquila e os primeiros haitianos começavam a ser identificados pela polícia. Ele disse que feridos estavam sendo levados aos hospitais, quase todos com machucados leves, e que a polícia tinha informado, de forma preliminar, que havia um homem morto.

Pensei que a vítima provavelmente era o haitiano da foto. A Ana não falou nada, apenas colocou a cabeça no meu ombro, como se aquela informação tivesse exaurido suas últimas forças. Botei a mão em seu rosto. E assim ouvimos o apresentador interromper o repórter para perguntar se já era possível confirmar os rumores que corriam pela cidade, que chegavam à rádio, que as pessoas vinham passando por telefone e por mensagens, os rumores de que o homem morto era o comerciante Erico Gentile.

Afastei minha mão da Ana. Ela retirou a cabeça do meu ombro. Olhamos um para o outro. Reconheci no assombro da Ana o meu próprio espanto enquanto o repórter dizia que ainda era uma informação extraoficial, que preferia aguardar a confirmação, mas que, de fato, se falava no centro que o comerciante havia sido encontrado quase diante de casa, a três quadras da praça, e levado já sem vida ao hospital.

O apresentador garantiu que os responsáveis pelo crime pagariam caro e sugeriu uma corrente de oração por Gentile. Estiquei a mão e desliguei o rádio. Repousei a cabeça no encosto do sofá e fechei os olhos. Absorvi o leve zumbido do silêncio, cortado apenas pela respiração da Ana, de início ainda acelerada, depois cada vez mais espaçada.

    E quando me permiti alguma calma, quando pensei que tudo estava acabado, quando fui envolvido por um repentino sentimento de paz, a imagem do meu pai me veio à mente, e o melhor a fazer foi abrir novamente os olhos.

Notas do autor

A cena da tortura a Benjamin no primeiro capítulo é livremente inspirada na obra "Amnésia", de Flávio Cerqueira. Vi a escultura pela primeira vez como parte da exposição "Histórias Afro-Atlânticas", em 2018, e depois a revi algumas vezes no MASP, sempre com o mesmo espanto.

Já a aula dada por Zago aos alunos no segundo capítulo é baseada especialmente em relatos contidos no livro "Os Jacobinos Negros", de C. L. R. James, sobre a Revolução Haitiana.

Tinta Branca foi escrito, quase em sua totalidade, durante a pós-graduação Formação de Escritores, no Instituto Vera Cruz, em São Paulo. Aos colegas e professores, minha gratidão pela leitura e pelos comentários.

À Juliana Leite, meu agradecimento pela leitura crítica tão cuidadosa.

Esta obra foi composta em Sabon,
em junho de 2022, para a Editora Patuá